TopBook
饕书客

一个人，遇见一本书

TopBook
鳌书客

日本傳說

[日] 柳田国男

日本妖怪民俗奠基作品

山神、狐狸、河童、独眼怪
一段故事探寻日本文化之源
日本山野传说、怪谈
呈现人间百态、悲欢离合

译者 曹珺红 等
译校 杨晓钟

陕西新华出版传媒集团
陕西人民出版社

图书在版编目(CIP)数据

日本传说/（日）柳田国男著；曹珺红等译．—西安：陕西人民出版社，2017

ISBN 978-7-224-12400-2

Ⅰ．①日… Ⅱ．①柳… ②曹… Ⅲ．①民间故事—作品集—日本 Ⅳ．①I313.73

中国版本图书馆 CIP 数据核字(2017)第 252643 号

日本传说

作　　者　［日］柳田国男
译　　者　曹珺红　等
译　　校　杨晓钟
出版发行　陕西新华出版传媒集团　陕西人民出版社
（西安北大街 147 号　邮编：710003）
印　　刷　西安市建明工贸有限责任公司
开　　本　787mm × 1092mm　32 开　6.625 印张
字　　数　160 千字
版　　次　2018 年 1 月第 1 版　2018 年 1 月第 1 次印刷
书　　号　ISBN 978-7-224-12400-2
定　　价　25.00 元

1

关于柳田国男

——写在《日本传说》前

杨晓钟

柳田国男是日本著名的妖怪民俗学家、诗人、思想家。他终生从事日本民间风俗和民间故事的调查、收集和研究,将民俗学视为发现日本国民性、建立日本新国学的重要途径,被誉为“日本民俗学之父”。

学生时代的柳田国男是一位十足的文学青年,学习欧洲的新文学,热衷于新诗创作。作品富有浓厚的浪漫主义色彩。诗作也多为思慕女性的恋爱诗。随着柳田国男进入东京帝国大学主攻法律和政治学,他逐渐脱离了文学界,毕业后进入了日本农商务省农务局担任农政工作,并在早稻田大学任客座讲师。身为明治政府农政官员的柳田国男对农民这一群体充满关怀与同情,认为政府的政策应向底层的农民所倾斜。但在日本社会向资本主义经济转型时期,他的主张在当时却并不被人理解。

1908 年是柳田国男开启民俗研究的一个重要时间点。

在这一年他在九州进行了一次长达3个月的旅行，足迹深入九州山区深处，值得一提的是在宫崎县西臼杵郡叶村所停留的一周令柳田收获颇丰、深有感触。这里仍保持着刀耕火种、野猪狩猎等种种近乎原始的习俗，村民对山神的信仰也令柳田国男大感惊讶。后来他自费出版了《后狩词记》，记录了日本乡野各种狩猎用语、狩猎习俗以及猎户的秘传。但由于印量极少所以并未流传开来，周作人也曾苦寻这本书而未果。

在九州旅行的半年后，岩手县远野人佐佐木喜善经水野叶舟介绍拜访柳田。这次拜访是柳田国男民俗研究事业的又一标志性事件。柳田从佐佐木这里听到了许多不可思议的远野地区的民间传说，这些故事令他深深着迷。和佐佐木见面的第二天柳田就产生了写作《远野物语》一书的想法，此后，他与佐佐木一直保持着定期会面，佐佐木向柳田讲述远野的生活、风俗及口承。

1910年《远野物语》得以出版，当时正在日本留学的周作人购得一本并于1931年专门撰文介绍本书。在这本书中，柳田详细讲述了天狗、河童、座敷童子、山男的传说，后来这些妖怪名声大噪，成为日本妖怪文化的主流。

九州之旅和与佐佐木的会见是柳田国男投身民俗学研究的契机，《后狩词记》《远野物语》《石神问答》也于此后相继出版，这三本著作被誉为柳田“初期民俗学三部作”。而其中最为著名的《远野物语》不失为一部优秀的文学作品，柳田使用了文言文写作此书，精练质朴、余味隽永。

此后，柳田以日间在政府机关工作，夜间学习，假期则外出前往各地调查的形式开始了民俗学的研究。他是日本从事民俗学田野调查的第一人，柳田认为妖怪故事的传承和民众的心理、信仰有着密切的关系，他将妖怪研究视为理解日本历史和民族性格的方法之一。这些理论也在他的众多著作中得以体现。

此次出版的《日本传说》收录了柳田国男所整理的流传于日本各地的民间传说、山野故事。这些故事与现实生活交织，或奇诡或悲凉，或诙谐有趣或颇有哲思。柳田在 1916 年本书出版的自序中写道：数千年来，民族同胞们的行为方式、感受和经验，构成了自然界中最重要的一部分，然而很遗憾一直都没有得到仔细的观察、记录和研究。本书尽量完整地保留了这些古老传说的原貌，可以令读者感受到真正日本传说的独特魅力。

自　序

去年,《朝日画报》以《山的人生》为题连载了我一些粗浅的研究成果。其时,“乍一听好像有点儿意思,实际上并不好理解”的批评算是温婉的,甚至好像还有更严厉的指责,说我纯粹是“糊弄人”。

欲解其谜,实属不易。然而,若能提供一些新的线索资料、能将说明部分稍加细化,对于研究而言已经是意义非凡。这也是我当初急于出版此书的原因所在。

在撰写的过程中,我虽然遇到了难以给出合理解释的问题,二十多年前让我百思不得其解的问题也一直未能突破,可另一方面,在这期间突然变得豁然开朗的地方也有不少。因此,换一个角度来看,本书多少有一点儿记录我书斋生活的价值。这本书的编写方法是在之前拟好的大纲中不断地添加更改,显然这多有不妥之处,可是如果要推翻重写,时间上已然是不可能。为了尽快回报人们一直以来的诸多关注,便暂且以这样的形式让此书面世了。

这本书没有得出系统的结论，可能还未及博学者认同的高度。尽管如此，我还是认为寻求新知，独成一派地提出我们自己的观点，就是在做学问。此前从未得到大家关注的现象比比皆是，我们涉足其间正是做学问的方法之所在。数千年来，民族同胞们的行为方式、感受和经验，构成了自然界中最重要的一部分，然而很遗憾一直都没有得到仔细的观察、记录和研究。我想以自己的实地考察为例，告诫大家这是不妥的，提醒大家对于今后的社会进步而言，这些都是切实必要的。

那些认为学问是文人雅士的修养，甚至不觉以此维持生计有何不妥之人，不知会如何看待我们这些小题大做之举。不可否认，这是一个问题，也是不可避免的一个社会现象，就让我们审慎观之吧。

1916 年 10 月

目录

日本传说

一　隐于山间的人生

除了我，现已无人记得此事了吧。那是三十多年前的事了。当时社会经济萧条，在美浓[1]西部的山里，一个以烧木炭为生的五十岁上下的男人，竟然用斧头砍死了自己的两个孩子。

其妻早故，有独子年仅十三。后不知为何，这男人又领回一个与儿子年纪相仿的小女孩，靠烧木炭抚养着两个孩子。这两个孩子的名字我已记不得了。那年光景不好，他的炭总也卖不出去。数次下山卖炭，却总无果而归，换不到一点儿粮食。事发当日他又空着手回到家中，实在不忍看到两个孩子饱受饥饿的小脸，便默默地钻进房间睡午觉了。

①美浓：日本旧国名之一，现岐阜县中部和南部。

4

等他睡醒，太阳已渐西斜，落日洒满了小屋之外。时值秋末，夕阳下，两个孩子蹲在地上专心地做着什么。他走近一看，发现他们竟然在使劲儿地磨着自己平日干活用的那把大斧。“爹爹，用这斧头把我们杀了吧。”孩子们说完，便仰面枕着门口用来烧木炭的木材并排躺了下来。这男人一时失了神志，什么也没想就把两个孩子的头砍掉了。后来他自杀未遂，很快就被捕入狱。

这个男人年近六十岁时，受到特赦，被放出狱。那之后情况如何，再也未知。我也只因某种机缘看过一次这份文件。现如今，这份记录着人间莫大苦痛的文件，已不知沉睡腐化于何处了。

同时代，在与美浓相去甚远的九州[①]某监狱中有个三十岁左右的女囚，她因故意杀人罪被判刑十二年。同样，她也是个命运悲惨的人。她生在深山的一个村庄，有了相好却不被家人认可，于是便和那男人私奔了。生一子后生活贫苦，迫于无奈，只得忍辱再次回到家乡。然而在她离家的这些年里，亲人们都已相继去世，当时村里净是些嘲笑她的人。女人沮丧中打算离开故里另寻活路，但她的丈夫身患疾病，已完全无法

①九州：古代指日本筑前、筑后、丰前、丰后、肥前、肥后、日向、大隅、萨摩这九国。

劳作。

这一家三口途经一条瀑布上方的小路时，夫妻二人生了自杀之念。三人用腰带绑在一起，从高大的树丛间跳下了深渊。几小时后，这女人苏醒过来，看到丈夫在岸旁的一棵老树上自缢而死。大概是寻死未遂，穿着湿透的衣服爬上岸后自尽的。孩子从瀑布上面掉下来，挂死在瀑布潭上方的一棵树上。

就这样，只有这女人独自生无所恋地苟活下来。虽然她被给予了宽大处理，终因杀害了自己年幼无辜的孩子被判谋杀罪获刑。这可怜的女人出狱后，再无音信。或许在某个村庄的角落里，她还残留一副躯壳，苟度着余生吧。

现实生活远比我们头脑中描绘的世界深邃，也常常令我们深思。以上这些虽与我将要谈的问题并无直接关系，但若非此机会，我也记不起这些事来，估计也没有人愿听。故写以代序。

二　无需定所

自古以来，悄然进山并一去不返的人应该不在少数。十二三年前，尾张[①]濑户町的儿童教养所就收留了两个来历特

①尾张：现日本爱知县西部。

殊的少年，其中一位少年就是我们通常说的“山人的孩子”。他被父母遗弃在相州[①]一个叫足柄的地方，独自途经甲州[②]，穿过木曾[③]的山林，最终在名古屋才得到警察的保护。

这位少年与父亲相依为命，在深山里生活了整整三年。讲述这个故事的二宫德先生也不清楚他们离开深山的缘由，只是听说他们在深山生活的三年期间没有用过火，食物都是囫囵生吞的。他的父亲还教会了他制作小弓箭、射鸟捕鱼的本领。

春天，他们摘下树上的嫩芽直接食用，冬天则挖草根充饥，其中也不乏味道极佳的，一年到头从来没有因为食物短缺而忧虑过。天气变冷时，他们就会用一些小型动物的皮毛拼接上树叶等材料做成衣服御寒。

只有一点比较辛苦，就是冬天遇到雨雪天，即便躲在山洞或树洞中，因为没有火仍然会寒冷难耐。为此，他们会拔一些根须较多的川柳类树木，将其根须洗净后铺作被褥用。

上面这些都是听人转述的，再详细的事情就不得而知了。刚听到这个传闻时，我想立刻动身去濑户再打听一些细节，却总是不得闲暇。不知那个儿童教养所有没有留下记录。听说

---

①相州：现日本神奈川县西南。

②甲州：日本旧国名之一，甲斐国的别称，今山梨县。

③木曾：日本地名，长野县西南部。

当时这个少年也讲述了很多关于他自己身世的事情，想必是有什么万不得已的理由，他的父亲才会人到中年还毅然决然地进山过那样的日子吧。

多年来我听到过很多关于山人生活的故事。我想他们与生活在平原上的我们最大的差异有二：一是山人不以果物栽培、粮食种植及家畜养殖为主业；二是山人居无定所。他们非常善于利用山川等大自然的馈赠，技能格外娴熟，可惜关于这方面的事情我们却不得而知。

他们冬天就迁移到温暖的海滩，由此可以推断他们夏日的住所应该在山中。据说山人只有在寒冷的季节才会离开深山，从奥州①迁徙到伊豆②、从信浓③来到远州④、从飞驒⑤腹地移至伊势⑥海岸。山人的社会有他们自己特有的交通路径，他们行走在山谷腹地、森林边缘、堤坝外沿等人烟罕至的地方，因此行踪也很难被人们发现。

在磐城的相马一带，山人被称为“隐士”。秋末时节，清

---

①奥州：日本旧国名之一，包含青森、岩手、宫城、福岛县全域和秋田县部分区域。

②伊豆：日本旧国名之一，现静冈县的伊豆半岛和伊豆诸岛。

③信浓：日本旧国名之一，现长野县。

④远州：日本旧国名之一，也称“远江”，现静冈县大井川以西。

⑤飞驒：日本旧国名之一，现岐阜县高山市、飞驒市、下吕市大部区域及大野郡白川村等地。

⑥伊势：日本旧国名之一，相当于现三重县的大部分区域。

晨遥望远山，半山腰向阳处的几间石头屋若有袅袅炊烟飘出，村民们就知道“隐士”们来了。不久，就会有背着孩子的女人来村里卖炊帚和竹篓了，同时她们还会将损坏的簸箕等物带回石屋进行修补。

他们并不会完全与世人隔绝。在若狭、越前[①]等地，他们会在河道处用油布搭建小房暂住一段日子，在获得当地人许可后砍伐一些河道里的竹子或蔓藤制作简单的手工品。如果由于修复河道，河滩被清理干净，他们当中还会有人花钱买一些竹材用。然而，却鲜有留此定居的山人，他们大都会在不久后迁往其他地区。山人会在经过的道路岔路口处插上竹片或者树枝，留下记号，后来的山人能借助这些小树枝做的暗号知道他们前进的方向和人数。

那些不拘泥于封闭生活模式、走出深山与普通人接触的山人，对自己的经历及山人的实情却闭口不提。即便如此，依然有越来越多的普通人为远离外界纷争加入山人群体。他们若被追问，不得不谈及自己的身世的时候，一般也会声称出身遥远的县市，从他们的言辞中很难得知其真实身份。另外，大抵是山人中逐渐兴起了喜爱普通衣食的潮流，进入街市与普通人一同生活的人也多了起来。不过由于这些山人很难找到

①越前：日本旧国名之一，大体在现在的福井县的中部和北部。

正当职业,往往会做些恶事出来。据说他们做的坏事通常都异于常人,凶残无比,因而很容易被发现是他们的所作所为。

世事如此,仍有为数不多的山人决然不向这世俗妥协。大正四年京都大典[①]的时候,从各地区上京参拜的人挤满了街道与客栈。特别是十一月七日天皇驾到的那天,万里无云,艳阳高照,无论是御苑还是大街上都人满为患。可即使如此值得庆祝的日子,眺望远方若王子山上的松林深处,仍能看到隐约有一两处炊烟升起。啊,闲云野鹤般的山人呀!当然,这绝非山人刻意所为。

三　普通人的避世

从前,有一个工人在羽前[②]的尾花泽[③]附近,因迷路而误入深山,在杳无人烟的谷底,意外地遇到了一家三口。他们赤身裸体地住在自己盖的简陋小屋里。这一家的妻子大概是很久没和外界接触了,看见人感到很亲切,向工人询问了山外的

①京都大典:大正天皇的即位仪式(1915年11月10日)和大尝祭(1915年11月14—15日)的一系列庆祝仪式。即位仪式即宣告天皇即位的仪式,之后会举行大尝祭,即向皇祖及天地神祇供奉当年新稻,感谢五谷丰登,祈祷风调雨顺、永世昌盛。此祭典一代天皇在位期间只会举行一次。

②羽前:日本旧国名之一,今山形县。

③尾花泽:日本地名,位于山形县东北部。

种种。而那位丈夫似乎对世间有着极大的怨愤，他打定主意住在山中不再出去。

那个工人一度离开，谁知再回到那处小屋时，竟看到这家妻子因为和外人说话正要被丈夫绑起来责打。他不好再过问详情，便匆匆返回。后事如何，就不清楚了。

这个故事是我十几年前在山方石之助那里听到的。大家通常会认为住在深山里的人的性格是比较孤僻冷淡的，其实即便不是因为愤世嫉俗而避世的人，也有心性漠然的。那些常在木曾山中垂钓的老者，甚至在路上偶遇村里人也是一副爱搭不理的样子，依然目不斜视地走自己的路。可以想象，久居深山的话，那种难以用文字形容的寂寞会对人的内心产生多大的影响，压力使人的心态渐渐发生了变化。

如果这类人稍稍表现出自己有一点儿思想或者拥有某种信仰的话，往往会被人们认为是修行者甚至是神仙。此外，那些被称为天狗的山怪，它们之所以被人们当作瞳色骇人、性情古怪，甚至是邪恶的妖物，其根源也许有一部分得归结于山人的类似经历。

近世[①]的武士如对主君有所不满，多会选择轻视自己的

①近世：日本的历史时代划分之一，中世和近代之间的时期，一般指织丰政权期至江户末期。

生命，草率地寻死，试图以战死沙场这种形式来对主君造成伤害。在战乱纷起的时代，这种做法比较容易实现，然而对于和平年代的普通人来说，赴死的机会其实并不常有。虽不能断言生而弃世之法需得时机方可为，但除了进入山中寺庙和僧人一起生活之外，普通人也的确别无他法。虽有人后来以此为契机喜结佛缘，但将自古以来所有的避世者皆看作佛缘之果，却多有不妥。

而且，普通人并不是想弃世入山就一定会碰到合适的寺庙。想当一名云游僧人需要有相应的学识与智慧。那些没有一技之长又性格软弱的人，如果无法融入群体生活，除了死亡就只有避居山中这一条路可走。因此居住在生存模式单一的旧时乡村中，且没有留下任何印迹的避世之人，应该不在少数。只是对后世的我们来说，这似乎十分罕见。事实上，这不过是曾经的一种很普遍的生活方式而已。

如果只是如此倒也罢了，事实上一些有怪癖的人，遁入深山不过是其毫无缘由的率性之举。用现有的知识和逻辑无法诠释人类的这种消亡模式，也无法得知本该对这个世界拥有更多热情的年轻人为何会突然弃世入山，他们之后的生活情况更是无从知晓。在此，我主要想借这本小书尝试着说明一下这方面的事情。

这种现象是在古今中外世界各民族中都会时常发生的，

还是只有在日本人中才会频繁出现呢？尽管现今对此我们依然不甚明晰，但不同时代对此都有不同的解释，在某种程度上证明了这种现象对人们的日常行为和思维方式还是产生过影响。我们父辈的信仰生活也与此有着些许联系。因此，现在看来越是感到不可思议的现象，将来就越有可能出现一门学科将其划入研究范围之内。总之，将它弃之不顾，是不合适的。

四 偶有归世之人

新渡户博士给我讲过这样一个故事，是真实发生过的事。在陆中[①]二户郡，有一位猎人进深山打猎，在山上露宿的时候，突然见森林深处走来了一个人。猎人仔细一看，原来是几年前失踪了的村里的一位小学老师。据说这位小学老师偶因某事突发隐居之念，便离家出走了。之后，他便一直过着异于常人的生活。然而，就在他几乎要入道成仙之时偶遇猎人，吃了猎人带的午饭，竟开始怀念起谷物的味道，由此渐渐地厌倦了山里的生活，萌发了眷世之情，最终离开山林，回到了故乡。至于他回家之后的生活如何，现已无从知晓了。

---

①陆中：日本旧国名之一，现在岩手县的大部分区域及秋田县的部分区域。

在日本东北方言或阿伊努语中，叉鬼是猎人的意思。他们在奥羽[①]的山村独立集合成小的部落，过着传统的以狩猎为主的生活。比如，那位传说中的八郎[②]在变身成一条大蛇之前，就曾是偏远山里叉鬼村的村民。传说他曾栖身十和田湖，因败于南祖坊[③]的法力不得已离开，之后来到秋田并最终成为八郎潟湖的湖主。

叉鬼的生活模式是这样的：通常他们会在冬季进山，顶风冒雪行进若干时日，猎到熊则食其肉，然后把熊皮和熊胆拿到附近的村子里换取谷物，之后再回到山里的小屋。有时候他们也会翻越连绵峰峦，行进到上州[④]、信州[⑤]附近。

想一想，就连叉鬼狩猎之后都会来到普通人居住的村子，在山里生活时也会生火做饭，更不用说那位曾经当过小学老师的人了，若不是精神不正常，他又如何能远离亲朋独自一人

---

①奥羽：日本旧时的陆奥国和出羽国，位于日本本州东北部，属日本的东北地区。

②八郎：日本传说中，八郎冬天雪季和两个同村人进山狩猎，因吃了三条奇鱼而变身成一条大蛇，先栖息在十和田湖，后与南祖坊大战七天七夜，战败后被驱逐出十和田湖，最终成为八郎潟湖湖主。

③南祖坊：平安时代的高僧，76岁时在十和田湖与八郎大战七天七夜后获胜，成为新的十和田湖湖主。“坊”是和尚的通称，一般接在“坊号”之后。

④上州：日本旧国名之一，上野国别名，今群马县全境。

⑤信州：日本旧国名之一，信浓国的别称，现在的长野县。

过了这么多年隐忍的生活呢？不过，这并不是偶发事件，在偏远的山村里常常会有类似的事情发生，真是令人匪夷所思。

叉鬼的祖先是谁，现在没人能说清楚。但是，岩手、秋田、青森等县居住在平原上的农民视其为异类，这一点是毫无争议的事实。津轻地区的人曾在一百二十多年前的《奥民图勦》①里记载了一些叉鬼的奇异习俗。菅江真澄②的《游览记》③中也提到过，北秋田的山村的叉鬼语言中有大量的阿依努语，比如他们把“狗”叫作“seta”，“水”叫作“wakka”，“大”叫作“poro”等。

当然，仅凭这一点就说叉鬼与阿依努人有血缘关系，不免太过轻率。其实，叉鬼在与普通人的交往过程中，不仅语言、风俗习惯等方面没有任何障碍，在近世，他们甚至会在居留于村子期间耕种田地。另一方面，普通的村人也有住在山里，在种地的同时通过狩猎来贴补家用的。由此可见，除了名称以外，叉鬼和普通人其实并没有什么明确的不同之处。

---

①《奥民图勦》：为比良野贞彦的作品，是了解江户时代平民生活的极为贵重的文献资料。

②菅江真澄（1754—1829）：三河人，本名白井秀雄，旅行家、民俗学者。

③《游览记》：游记文学，作者菅江真澄，游记中记载了作者在1783—1829年这46年间，游历信浓、出羽、奥陆、虾夷等地时所见到的普通人的日常生活以及当地传统民俗等。

不过，有一点值得我们关注：关东以西的地方以狩猎为生的人没有多到可以形成一个部落，而奥羽的偏远地区则散布着很多叉鬼村。以熊野①、高野②为代表的神山传说中，猎人做向导或献上土地的事例有不少，因此叉鬼又被称为奇人、仙人，而农民却从未在这类传说中出现过。由此我们可以看出，山人要么是早于农民而存在的原住民，要么就是定居条件与后世的农耕民有所不同。

此外，叉鬼的狩猎仪式以及信仰中有很多特殊之处也值得关注。万次、万三郎兄弟的传说就是一个具有代表性的例子。相传他们协助山神击退了敌人，作为奖励，山神给他们传授了狩猎的方法。东北地区的人们把椴木叫作“mada”（发音与叉鬼相似——译者注），山人喜用椴树的树皮，而且叉鬼村的人也常常采集椴树树皮，还在村落周围种植椴树。此外，当地还有一种宗教习俗，人们进山时一般会把分叉的树枝（分叉一词与叉鬼的发音相似）当作拐杖。为此，人们不禁萌生种种猜想，以为叉鬼的称呼由此而来。当然，这些应当与叉鬼的名称没有什么关系，因为叉鬼根本不知自己是如何被称呼的。目前我们还不能就此做出断言。

---

①熊野：现和歌山南部和三重县南部地区，位于纪伊半岛南端。

②高野：指高野山，位于和歌山县的东北部，是日本佛教密宗真言宗（也称东密）的本山。

八郎之类的普通人进入山里，吃了奇怪的鱼之后就变身大蛇，这类神话故事比较低端，却广为流传。在津轻、秋田等地，八郎又有传言曾是叉鬼村的村民，我想这其中一定有什么缘由。

五　入山者女人居多

天野信景[①]翁的《盐尻》[②]中有记载：尾州[③]小木村一个普通农户的妻子产后发狂进入山中，十八年后曾一度回到村庄。据说她当时全身赤裸，只在腰部缠着一些草叶，和传说中的山姥[④]一样。这不是传说，而是当时真实发生的一件事。

这个女人后又遇到一位猎人，向他讲述了自己的身世。刚进山时，女人感到饥饿就抓虫子吃，后来觉得不够吃，就抓狐狸之类的活剥了生吃，进而力气越来越大，不怕冷，也渐渐地没有任何物质欲望了。后来，她曾经回过一次原来的家，可是连至亲都不记得她，吓得乱作一团。没办法，女人只好再次

---

①天野信景：江户时代中期的国学家，尾张国藩士。

②《盐尻》：江户时代中期的随笔。作者天野信景，1782年由堀田方旧编著而成。全书共100卷，记录了作者从元禄至宝永年间援引从古至今的日汉书籍考证史传、神佛的由来、地理、语言、风俗等内容，其中也收录了作者自己的诗文。

③尾州：日本旧国名之一，属东海道，约在今爱知县的西部。

④山姥：日本传说中住在深山里的女妖。

回到山中，很是可怜。

明治末期有传闻说，以日本原[1]的广户瀑布为中心，作州[2]那岐山[3]的山脚下，常有山姬出没。她赤裸身体，腰部缠着破布，红色的头发，蓝色的瞳孔，眼睛很亮。有一次她出现在村庄附近，因为窥视伐木小屋被人发现，最后被当地的男人们打死了。之后有人认真调查发现，这个女人是这附近村落里的一位村妇，很久前发狂离家。

女人应该不会因为愤愤不平或厌世就藏进深山，通过她们那些反常的举动，我们可以明白一点，即女人入山多是因为迷失了心智。我曾听狩野亨吉[4]先生说，羽后[5]和津轻交界处的田代岳脚下的村子里有个年轻女子想要逃入山中，近邻追上规劝时，她竟然爆发出惊人的力量，挣脱众人跑入山中。

从逃进山中的女人多是产后发狂的村妇来看，也许这正是问题的根节所在。自古以来就有从属于日本神社的女性，受到大神的指命为神灵产下子嗣的故事。也就是说，巫女作

---

①日本原：日本原高原的略称，包括冈山县胜田郡奈义町西部、津山市东部的一部分、胜央町北部的一部分。

②作州：日本旧国美作国的俗称，现冈山县的东北部。

③那岐山：位于鸟取县八头郡智头町、冈山县胜田郡奈义町境内的山。

④狩野亨吉（1865—1942）：号君山，日本教育家。

⑤羽后：日本旧国名之一，包括今秋田县大部分和山形县北。

为少主之母、作为通灵者受到崇敬，这一点和基督教等其他宗教以童贞之躯怀得神胎的神迹相通。倘若妇女的精神在生理上确呈某种变化倾向的话，那么可以认为，这就是多民族共同信仰的宗教得以产生的重要因素之一。然而，这不是一个可以随意讨论的问题，在此我想举一两个实例来谈谈。其中的一个就是三百多年前发生在因幡国[①]的故事，虽然内容有些长，但我还是决定引用原文。《雪窗夜话》[②]的上卷里是这样记载的：

此为宽永[③]年间之事。有武士名曰安成久太夫，回备前因幡国时因尚无定所暂居鹿野的乡下。某夜入山，月光微薄，树木林立，深远幽暗，山路险恶。忽有一人奔出，追赶久太夫牵来的狗，落入深谷后隐于崖边石窟。久太夫深觉疑惧，唤回狗欲令其入窟，狗惧不入。遂命随从入内寻之。见一似人似猿之物。随从将引其出，不想该物力大无比，爪尖异常，将随从之手搔破后终被拽出。久太夫用葛藤将

①因幡国：日本旧国名之一，位于今鸟取县东部。

②《雪窗夜话》：随笔，为江户时代中期的鸟取藩士上野中亲（1684—1755）所著。

③宽永：日本年号（1624—1643），元和之后、正保之前。该时代的天皇是后水尾天皇、明正天皇、后光明天皇。江户幕府的将军是德川家光。

其绑起，带入村里，点燃灯笼观之。头发垂至膝盖，面相似女子，凶暴之相仿佛画中夜叉。闭口不言，只是微笑，给吃的并不吃，给水会喝。问遍村人无人知其底细。村人聚集观之。有一老农七十有余，言此村原有一产妇，突然发狂出走入鹫峰山。亲人虽有寻查但终未有果。推算约已百年有余，故绝非此人。久太夫速救其命，使其归山，那物跑走状貌甚快。之后再无见其之人。

佐佐木喜善的报告中记录了另一个事例。三年前，在陆中[①]上闭伊郡附马牛村的山中，村中的男人发现了一个三十岁左右的女人，衣不蔽体，几近赤裸的身体上缠着一些树皮，正在四处游荡。随身携带着一个当地人用来装饭菜的大竹笼，应该是从哪个烧炭窑拿来的，那个巨大的容器中放着许多虫子，她一边走一边咯咯吱吱地吃。她被送到远野[②]的警察局后，竟然还抓起青蛙之类的随手放进嘴里就吃，连警员都惊得目瞪口呆。然后女人逐渐想起了火车，之后又慢慢地回忆起家的模样、父母的模样，甚至还记起了父母的姓名，最终还

---

①陆中：日本旧国名之一，包括现岩手县的大部分区域及秋田县的部分区域。

②远野：位于日本岩手县的内陆城市。此地最有名的是关于河童和座敷童子的传说。

说出了村庄的名字。按描述她应该是和贺郡小山田村的人，七年前离家进山。果然，她也是生产之后突然进山。后来警察叫其父母带走了她。此事在当地一时盛传。佐佐木还讲了另一件事：邻村有一个二十四五岁的女人和丈夫一起进山，因丈夫整日外出劳作，女人某日在山中小屋突然发狂。待之后安静下来询问详情，女人说当时好像有个高个子的男人到来，之后她便突然想去深山，这个念头根本无法打消，于是便入山去了。

六　嫁给山神

从前，在一个叫北秋田的村子里，有位姑娘整天念叨着要嫁给山神，最后真的跑进羽后的田代岳深山里，做了山神的妻子。自古以来诸多新晋山姥，也就是我接下来想要讲述的山里的疯女人一类，她们当中有不少是因为某种至今不为人知的原因，产生了某种错觉，欣欣然选择了这种生活方式。

各地流传的与龙结婚、与蛇结婚的民间故事，保留着浓厚的神婚传说（即公主和神灵结合）色彩，令人感到意外的是，其中有一部分竟然起源于近世。传说在上州[①]的榛名湖畔，一位美丽的夫人遣返侍者后只身静静走向了湖心；还有一位

①上州：日本旧国名之一，上野国的别名，今群马县全境。

美浓夜叉池的夜叉小姐，无视父母的哭泣挽留，以十六岁的花样之姿，只身进入深山嫁给了深山里的水神。我们民族好像一直以来就有这么一种不可思议的癖好，这也许是受古老信仰的影响，也许神话故事本就如此。

最近有位英国作家出了一本名为《梦幻之岛》的书信集，当中记载了这么一件事：夜晚时分，在南太平洋新不列颠岛的某个农场，屋外突然传来人群的叫喊声，还伴随着频繁的枪声，吃惊的作者赶忙跑出去一看，原来是一位年轻的土著被魔神抓住，正被拖向森林。魔神的真实面容自然没人能看到，但瞧那位年轻人右手前伸，不停挣扎，努力想要止住脚步的样子，确实像被什么捉住了。其他的土著纷纷出声恐吓，甚至往年轻人的身前身后放枪，试图赶走恶魔。然而都没有用，年轻人最终还是消失在林中。

没想到第二天早上，年轻人竟然平安归来，还试图像往常一样工作。可同伴们都怀疑他和魔神立下了某种契约，或敬畏，或憎恨，没人敢接近他。当晚小伙子就中毒身亡了。在我国，有些人宣称自己被狐狸或狸猫迷惑，为了让周围的人对此深信不疑，会特意做出一些异于常人的举动。不过，在我看来，这两者都是精神错乱的狂人之举。

猴女婿的故事无人不晓，也因为太过有名，反而没人去深究它的起源。实际上，这类故事只在日本广为流传，至于最初是由怎样的事件萌发出如此奇妙的故事，却没有人能说得清。猴女婿的故事很显然是一个弱女子征服魔界的传奇：依照父亲和猿猴的约定，最小的三姑娘不得不随猿猴进山，但聪明的她凭借自己的才智让对方自取灭亡，最终安全回到了家中。这和如今单口相声中经常提及的狐狸上当①、巧夺天狗②羽毛扇之类的故事一样，都夸大了敌人的愚蠢，在令听众捧腹大笑的同时，用胜利者的勇敢对逃避失败的怯懦进行说教。毕竟，教育后辈相信猿猴不足为惧，还是很有必要的。有的故事版本里说，三姑娘一会儿让猿猴捣完年糕之后背上沉重的石臼，一会儿又让它背着石臼去摘藤蔓上的花朵，千方百计地刁难猿猴。也有其他版本说姑娘是带着向父母要的葫芦和一千根针做武器上山的。不过，葫芦和针是自古流传的对付蛇妖的老方法，显然不适用于猿猴。总之，不论故事发展到后期出现了何种变化或是夹杂了其他的故事情节，流传于各地的龙女婿、蛇女婿的故事和猴女婿的故事非常相似，这一点是显而易见的。它们之间只有一处不同：山城蟹播寺的传说等故事里主人公打败敌人都需要外部的援助，只有猴女婿中那位看起来柔柔弱弱的小姑娘完全凭借自己的智谋，解决了所有问题。

---

①狐狸上当：王子稻荷神社的狐狸变身为美女被识破和戏弄的故事。

②天狗：日本民间传说中的一种或神或妖的生物，以修炼道行者的打扮出现，高鼻、红脸，手足的爪长而且有翼，持金刚杖、长刀、羽毛团扇。

日本神婚传说的典型代表三轮神话[1]，以及由此演绎并传播开来的丰后[2]大神氏花本的传说，在国内广为流传，各地的版本尽管存在地域和少许专有名词的不同，但有一点自始至终没有改变——发现真相的契机源于刺入衣角的一根针。只不过，随着时光的流逝，胜利回归人类一方，故事情节也多演变为蛇女婿受制于身上的铁针，最终痛苦地死去。故事中有这么一个情节：女主人公顺着那根针上穿的麻线找到了大蛇的洞穴，在洞口偷听到蛇父子的对话。

“我早就劝告过你，喜欢上人类是要丧命的。”

“但我至少留下了后嗣，死而无憾。”

“人类真是太聪明了，万一他们用艾蒿和菖蒲熬的水给你洗个澡，一切都隐瞒不住了呀！”

在此，我们通过一个小小的神话传说，追本溯源，就能清楚地了解人类信仰的变化——最初人们单纯依从指令，甘于嫁给可怕的神灵做妻子。之后，慢慢开始竭力逃避，甚至想要摆脱这种不幸的命运。同时，或许是伴随着婚嫁习俗的变迁，猴女婿以及后来的蛇女婿一类故事中，姑娘父亲的许诺也逐

---

①三轮神话：远古时代，美丽的活玉依公主与神秘的男子相爱，公主想知道男子的来历，趁夜会时在男子衣角缝了根线，第二天跟着线一直走到了大和国的三轮神社，才得知男子是大物主神。

②丰后：日本旧国名之一，相当于现在大分县的中南部。

渐成了一个必不可少的条件。即便没有父母之前许下的诺言,至少女婿也是光明正大地登堂入室并获得了家人的许可,而非早先的模式,即神灵需趁夜色偷偷和姑娘相会,最终败露后才昭告天下带走姑娘。山中的精怪和人类结亲,虽说奇异,却非人类想象不可及之事。随着时间的流逝,世人开始慢慢对这类非人力可抗衡的事心生厌恶,想方设法要防其弊害。我们这个国家就是在抗争中、在抗争尚未取得明显成效之前迎来了近世的曙光。

目前诸多证据已表明日本不适合大型猴科动物狒狒生存。虽然不少记事和绘画中都有与“狒狒”邂逅的记录,但仔细研究,会发现那些要么是幻觉,要么是将老猿猴误认为狒狒罢了。因此,像岩见重太郎大败狒狒和《今昔物语》所记载的中参猿神这些例子,对动物学并不具备参考价值。不过,猴女婿能发展为一个民间传说,并流传如此之广,可见远古时候这种恐惧确实存在,世人也多以此解释女子的无故失踪。也许你想问大家怎么会相信这种无稽之谈。因为在那个年代,人们找不到一个更好的理由来解释真相。而如今,这种狂想,已经很少有人相信了。

在正月、霜月[①]月初的某一天禁止入山的习俗延续至今,

①霜月:即阴历十一月。

因为传说这天山神要盘点山中的树木。据当地人说,如果触犯了禁忌会被山神当作一棵树算进去留在山里,或被山神带进深山就再也回不来了。不过,这里说的山神可不是神官们口中的大山神祇[①]哦。山神会幻化成狼的传说也有不少。因为外形格外接近人类,有证据表明猿猴也曾是人类的信仰对象。到了中世[②],由于某些特殊的原因,猿猴的地位才逐渐下降。如果不考证清楚这些历史,恐怕很多民间故事就很难读得懂了。

七 城镇迷子[③]

曾经,北海道的某些大城市里,孩子莫名失踪的事件频繁发生。据说直到二十年前,每逢冬天,几乎夜夜都能听到找孩子的锣鼓声响。孩子走失的原因,当地人归结为因为此地靠近山林,是天狗作祟。

东京过去也经常有孩子失踪。遇到这种情况,邻里街坊会各自提着灯笼聚到一起,一同大声呼唤,彻夜找寻。这么做,一来是因为邻里情分,同时也是遵循自古的习俗惯例。关东地区一般呼喊的方法是翻来覆去地口念咒语:“师爷有令,

---

①大山神祇:支配山的神,在日本神话中指伊奘诺尊的儿子。
②中世:在日本史上指封建制前期的镰仓、室町时代。
③迷子:与父母走散或迷路的孩子。

迷子速归。”上方[1]地区的人则是以一种悲伤的语调，用缓慢的节奏呼喊：“还我孩子，还我孩子。”据说不光是找走失的孩子，甚至找丢失的东西时，人们也会敲锣打鼓。这种找法实在有些奇怪，不过，原本人们就认为这不是单纯地寻找孩子，而是一场与神灵之间的抢夺战。

一般来说，孩子真是迷路的话，完全没必要敲锣打鼓地找，最迟当晚就会有孩子的消息。如果遍寻两三天都没有结果，人们一般会认为孩子是被神隐[2]了，此时就有必要采取上述的特殊手段。随着时间的推移，人们根据前人长年累月总结出来的经验，认为孩子只要不见了就一定是被神隐了，会马上采取相应的措施。

那么，究竟是怎样的恶神在行神隐之事呢？近世之前，人们还无法对此形成一个明确的认识。天狗、狗宾[3]虽然一直是最大的怀疑对象，不过，天狗可不是什么胆小懦弱的妖魔，绝不会轻易被人们敲锣打鼓之类率性简单的示威活动吓到，更不会轻易把到手的孩子还回来。

---

①上方：京都及其附近的地方。

②神隐：（因天狗、狐狸、鬼或看不见的神作怪而）突然失踪。

③狗宾：地位最低的一种天狗，居于无名深山，与山神很像，相对于其他天狗的神秘莫测，狗宾常会出现在人们的生活中，经常与山中的伐木人交流。

在有些地区，狐狸也经常被认作是把孩子偷走藏起来的元凶。面对狐狸的伎俩，人们也会敲锣打鼓寻找孩子。不过，现在越来越多的农村已经不认为狐狸能行神隐之事了，认为狐狸只是短暂地蛊惑人心而已。近年来狐狸的恶作剧都是些不足为奇的小把戏，只要大声喊出名字，或是从背后拍一下，那些被迷惑的人就会清醒过来。最早的时候，从年轻人到上了年纪的老人家都可能受到狐狸的捉弄，那些被狐狸戏弄得一夜未归、让家人担心的人，直到早上，才被发现在河堤的背阴处或者谷子地中央呆呆地站着，类似这样的场景恐怕只有在民间传说的故事中才能看到了吧。

远离村落的偏僻地带、河畔、森林和古墓周围，如今还是公认的不祥之地，仍有狡猾的狐狸出没其中的传说。人一生当中少说也会听到三五次有关神隐的故事，而且事件的前因后果也大致相同。因此，发生神隐事件后搜索队走的搜寻路线也是传承下来的，唯一改变的只是具体细节和参与之人罢了。整合各地和各个时间段的失踪事件来看，总体上并没有什么显著的变化。

对于未经世事的少男少女而言，失踪是再恐怖不过的事了。每到冬天，村落里的孩子们总是聚在一起谈论这个话题。不过，比较奇妙的是，被狐狸迷惑的人当中，孩童其实只占很小的一部分。所以说，孩童走丢多属神隐。

孩子失踪多发生在特定的季节,这实在是不可思议。我依稀记得秋末到初冬时节好像常有此类事件发生,当然不排除我记错的可能性。而大多数地方都把农历四月看作是最危险的时候。因为此时农夫们一边忙于捉取熟蚕上蔟,同时还须做收割小麦的准备工作,无暇顾及其他。田间的麦子已经长到能轻易隐去孩子身影的高度,故有些地方把四月又叫作“麦高期”。这个时节,乡村也常常发现野兽活动的踪迹,确实存在一定的风险。据说丰后的腹地就有类似传说,认为在麦高期玩捉迷藏的话,很有可能被狐狸骗走。如此看来,捉迷藏是个令人揪心的游戏。即使是在大型建筑物中玩耍,偶尔也会有类似的意外发生,更别说盲区多如牛毛的荒郊野外了。不过,这种危险中夹带着刺激感,可能正是捉迷藏的趣味所在。传说捉迷藏起源于孩童的模仿行为,试想其更早的源头,这模仿行为的背后似乎暗含着一种与忍术相通的信仰,并由此逐渐演变为当下如此别开生面的乡间祭祀活动。此类猜测也不为不可。

繁华如东京一般的大城市亦如此,人们也不会在半夜玩捉迷藏的游戏。如今仍有很多父母警告孩子,要是夜里捉迷藏的话,会被妖怪或者神隐婆婆抓走。夏天的傍晚漫步在乡间,经常能听到母亲们呼唤孩子回家的声音,那嗓音尖利刺耳,除了催促,畏惧心理也是令嗓音高亢的原因。妇孺皆知,天黑后不宜待在室外，更别说是捉迷藏了，随便逮个小孩子问问都知道其缘为何。据说在福知山一带夜幕降临后捉迷藏的话，会被隐神带走。有的地方认为作祟的是狐狸，也有的地方认为是隐婆。隐婆古时候也被叫作“偷孩尼”，《园太历》“文和二年三月二十六日”的内容里就有隐婆在京都留下过踪迹的记载。书中解释说隐婆和稳婆[①]听起来相似，实则相去甚远，隐婆专指偷窃并杀戮孩子的人。他们为什么这么做，《园太历》中并没有讲到。近世之后有杀孩童取其血、脂之说流传，为此偷孩尼又有了新的名称——“偷血尼”或“偷脂尼”。近来又将偷孩尼和绞缬城[②]的传说联系到一起，甚至想象偷孩尼把无辜孩童的血脂用于南京瓷的烧制上釉。这些说法如此荒诞，完全无从查证。

时至今日，我们方才明白，世间诸如此类传言绝大部分展现了人们长久以来埋藏在心中的某种畏惧。比如说，人们看到走失的孩子面色惨白默默地回来，便认为孩子身上的血被抽干了。当然，后来大家明白这是不可能的，便渐渐不再这么说了。以前在秩父地区，人们总是把孩子的无故失踪归结为

①稳婆：偷孩尼和接生婆在日文中均为“子取り”一词。

②绞缬城：绞缬城中的人，会被先后喂下哑药和增肥药，然后倒挂在高处，划破皮肤用其血液染布料。

被隐身座头[1]带走，或是被夜道怪抓走，显然这都是错误的认识。

所谓隐身座头在奥羽、关东地区被认为是生活在岩洞深处的妖怪，在相州的津久井等地则认为其藏身于碓臼之下。两种说法有一个共同点——他们是普通人看不到的另一个世界的成员。这种地下王国被称为“隐里”，“里（sato）”的读音与“座头（zato）”相似，由此便有了隐身座头这个命名。其实以往世人普遍认为“隐里”就好比老鼠的乐园，是个衣食无忧的富贵仙乡，如若祷告，还可向其借些家具钱财等物。然而，随着人类信仰的变化，“隐里”渐变成可怕的怪物。这也许是因为座头这种职业的从业者中多有神秘人士的缘故吧。

再来说说夜道怪（读作 Yadohkai 或 Yadohke）。正如其名，相传夜道怪是偷盗孩童的高手。其实中世时期打着高野圣[2]的名号辗转日本各地修行的法师就是所谓的夜道怪，他们不过是些品行不端的普通人罢了。据武州小川的大家桐堂介绍，人们虽未见过夜盗怪的真实面容，但乡间传说那些高野

---

①座头：中世、近世僧人打扮的，以弹琵琶或按摩、针灸等为业的盲人的总称。

②高野圣：在中国竹影法师《东洋见闻录》和日本鸟山石燕《画图百鬼夜行》中，记载有早期的僧人如高野圣常常以利益诱惑信众信奉佛教，对女子信众以双修为名进行性侵犯。因此高野圣被认为是人们忌恨唾弃的密宗僧人。常被当作恶鬼看待。

圣总是蓬头垢面、衣冠不整,还背着巨大行囊的样子,完全与夜道怪无异。想来真的夜道怪约莫也是这么个打扮吧。其实,所谓高野圣,就是行脚商或是兼职买卖人,他们总是背着大大的行囊,傍晚时分,站在村头的十字路口,大声询问:“可否借宿一晚?”如果没人搭理他,就赶往下一个村子。高野圣因常年浪迹江湖,精于世故,还时常顶着施法的名号来要挟好心人,为此甚至有“高野圣进门,姑娘家蒙羞”等谚语流传,可见其风评之低。渐渐地,这些高野圣不再进村里来,大人们便把他们变成假想之敌用来吓唬孩子,等这些孩子慢慢长大,一代一代传下去,于是便有了夜道怪这种新妖怪。这种渐变的过程应当引起我们的关注。在我们日本人精神世界的发展进程中,乡间流传的诸如隐神这类的怪力乱神所起的作用,不容忽视。

八　神隐少年

此前,一个六岁左右的小女孩,独自从神奈川县的横须贺站乘上火车来到东京,在东京车站附近徘徊游荡时被警察发现。在繁华大都市的市中心,孩子和家长走散的事件司空见惯,可是那么小的孩子孤身一人跑到这么远的地方,而且途中也没有被人注意到,实属罕见。人们将这类无法解释的走失事件中的儿童叫作“迷子”,稍避讳一点的讲究说法则是“神隐”。

在深山野岭附近的村落，此类神隐事件发生得尤为频繁，令人伤感的是，那些神隐的孩子多半再也没能回来。我以前经常外出旅行，曾积极打听并收集各地关于走失儿童的真实事件。据说十几年前，在伊豆半岛的松崎镇就发生过一件事。一个已经失踪了三天的人，在东边一座山上被找到了，当时他就独自站在半山腰上。奇怪的是，之前搜救人员曾多次经过那里，却没有看到过他。一直以来当地人都把这当作一件怪事。听说在此事之前，在上总[①]东金附近的村落也发生过少年走失的事件，该少年被找到时正蹲在山中的芒草丛里，已经是失踪两三天之后了，此后这个少年很长一段时间都是一副魂不附体的样子。

也许因为越离奇越容易被人们铭记，古老的故事中奇怪的事件格外多。据说曾经有一家人在丢了孩子之后，希望走失的孩子能平安归来，于是彻夜不眠地虔心祈祷。不想，夜半时分听到有什么东西咚的一声撞在防雨门板上，等天亮了一看，走失的孩子竟然就站在屋檐下。还有一种说法是这家人听到自家木板屋顶上传来东西扑通掉落之声，惊慌地出门查看，竟然发现走失的孩子昏倒在地上。此外，还有更耸人听闻

---

①上总：日本旧国名之一，地处日本千叶县中部。

的故事，说一个已经走失了二十年的人忽然衣衫褴褛地出现了。他痴痴傻傻的，身上还穿着当年走失时穿的童装。诸如此类的传闻，一般没有多少精确记录，大多是人们夸张的谣传。如果要将其作为学问进行研究，当然还需今后进一步的观察了解。

下面这件事发生在爱知县北设乐郡段岭村丰邦区。据说在明治四十年（1907）左右的旧历九月三十日，也就是送神日①那天的傍晚，当时有一户家人正忙着制作祭神用的白饼②，家中刚满十岁的男孩原本一直待在房间里，没想到一转眼的工夫竟不见了。最开始家里人也没有特别在意，但是祭祀结束之后依然不见孩子的踪影，四处找寻也没有结果，甚至惊动了四邻八乡，大家帮着找遍各处，却毫无收获。无奈，这家人暂且回了家，谁知刚一进门就听到好像有什么东西掉在房顶上，慌忙搭梯子上去一看，竟然是走失的男孩倒在那里。抱下来后仔细查看，发现他嘴边沾满了白饼的残渣。

家人一边照看这个丢了魂一般的少年，一边向他询问情形。少年说那天傍晚，自己不知何时走到了神社的杉树下，接

---

①送神日：日本节日，旧历十月诸神要在出云集合，故而很多地方有九月三十日送神出发的传统。

②白饼：祭祀神明时当作供品的一种米粉年糕，由生米粉加水和制而成。

着有一个陌生人过来带走了他。他们先是混在人群中，后又掠上树梢行走，拜访了各处人家，在所到之处享用了白饼和年糕豆沙汤等等。最后，来到了一个陌生又狭窄的地方，少年被头朝下地扔了出去，后来才知道那里竟然是自己家的房顶。据一位和该少年同村的现约三十五六岁的妇人讲述，这个少年之后有好一段时间都精神恍惚。（据早川孝太郎先生所述）

明治十年（1877）前后，在石川县金泽市的浅野町发生了一件怪事。德田秋声先生家隔壁一位二十岁左右的青年忽然下落不明，失踪前他在德田秋声先生家院外的一棵大柿子树下留了一双木屐。同样，据说大家一番搜寻毫无进展之时，有人不经意间听到房顶上传来东西掉落的扑通声。德田先生的兄长爬上去一看，只见那位失踪的青年倒在屋顶上。把他背下来后，发现青年的嘴角呈青绿色，像是吃了树叶。等他神志清醒一些后向他询问详情，他说自己被一个身材魁梧的老大爷带着游走四方，一路品尝了美味珍馐。一边说一边念叨着自己必须走了，又企图冲出家门。听说这个青年原本就是个性格内向稍显木讷的人。此后事情又如何发展，就不得而知了。（据德田秋声先生所述）

纪州[1]西牟郡上三栖，传说有个名叫米作的人，被神带走了两天两夜才回来。他说在此期间他被神带着在空中飞行，游历了各处名山大川。问他如何解决吃饭问题，他回答说吃了一些饭团和糕饼之类的，还说自己在袖兜里留了一些。没想到拿出来一看，却净是些杂草树叶。此事大概距今已有九十年了。和他同郡的一个名叫万藏的人也有类似经历。失踪后的第三天，人们在宫之山的矮竹林中找到了一身酒气还在睡觉的他。他说自己被神带着去了摄津[2]的西之宫，而且在盂兰盆会的第一天夜晚，混在热闹的宴会中畅饮美酒。这件六十多年前的事和上面那件事，据说在宇井可道翁的《璞屋随笔》上有记载。（据杂贺贞次郎先生所述）

大正十五年（1926）二月的《国民新闻》上有这样一篇报道：远州相良乡下，有一个十六岁的农家少年在深夜一点左右去上厕所，久久未归，之后他的父母听到一声惊叫，立刻下床跑到厕所一看，却空无一人。少年的双亲顺着声音寻找，终于在邻家门窗紧闭的储藏室里找到了儿子。他的双手双脚被腰带和兜裆布绑住，像兔子一样被吊在房梁上。把他放下来后询问情况，他说只记得走到厕所前的事，之后就什么都不知道

①纪州：日本旧国纪伊国的别称，今和歌山县、三重县南部。
②摄津：日本旧国名之一，今大阪府西部和兵库县东南部。

了，他一有知觉便大声求救。此事的怪异之处是那间储藏室的门上着锁，父母是撬开锁才进去的，周围的土墙也没有人为破坏的痕迹。这件事倘若由警察介入进一步调查的话，也许能多了解一些前后的情况。

失踪的人往往被发现昏倒在房顶阁楼这类狭窄的地方，至今我们也无法对这些奇异现象做出解释，特别是在乡间村野，这种事情发生得格外多。冲绳岛上也有类似的神隐事件，不过多为妖魔缠身之类的故事。根据比嘉春潮先生所述，在冲绳岛上被妖魔摄取了魂灵的人，可以在树梢或是水面以及悬崖峭壁这种普通人无法行走的地方漫步，在下水道或是洞窟、地板下面等地方也能通行无阻。他们可以清楚地听到别人搜寻他们的声音并能看到搜救人员的样子，但却发不出声音。因此在洞穴的深处或是水中找到失踪者的实例并不少见。这种狭窄或是危险的地方，只有在神妖的引领下方可顺利通行。据说人如果一放屁，神妖就会立刻放手。因此，偶尔会在崖底发现失踪的人。据说当地人相信溺水的人中有很多都属于这种情况。传说备中贺阳一个名叫良藤的人，和狐狸精结了婚，夫妻俩常年住在自家的地板下面，还养育了众多儿女。相比今日，古人好像更容易相信这类故事。

九　神秘失踪孩童的灵异体质

研究变态心理的学者中村古峡[①]也曾在日本旧时的陆奥国[②]七户町[③]一带做过实例调查，调查内容是：容易神秘失踪的孩子身上是否有一些与常人不同的特质。这是一个很具前瞻性的课题，对此我个人认为答案是肯定的。且自认为小时候也是一名易失踪体质的孩子。幸而现已平安长大，无须忧虑了。

我家乡的村庄位于县道边上，附近只有一座低矮的小山。但村子的西边有一条河通向山的深处，因此也有很多妖神鬼怪的故事。我从小就听过很多恐怖的传说，小脑瓜里满是这些东西。

七岁那年秋日的某一天，斜对面的邻居邀请我们去泡澡，准备回家时已过八点。我先母亲一步走出邻居家门，突然有一蒙面壮汉从旁跳出，夹起我就飞奔而去。我因过度惊吓连呼救的力气都没有了。等跑到我家门口时，那蒙面男将我放在侧开的小门边上，便消失得无踪无影。后来知道那大概是

---

①中村古峡（1881—1952）：日本文学家、心理学家，原名中村蓊。

②陆奥国：日本旧国名之一，包括现在的青森、岩手、宫城、福岛各县全境和秋田县的一部分。

③七户町：位于日本青森县东部。

村里一个年轻人的恶作剧，或许是怕惹怒我母亲，他始终也没有承认，于是这件事情便不了了之。也许是因为受了太大的刺激，当时我的眼神都恍惚了，因此，这件事在我家掀起了一场轩然大波。

在此三四年后的某一日，我与母亲、弟弟三人去采蘑菇。虽然是经常可以从远处看到的小山，但山另一边的山谷里有一个池塘却是人迹罕至，很是阴暗荒凉。记得当时我们下到池塘岸边稍稍休息了一会儿。傍晚时分循着原路一边爬回山顶一边找寻着蘑菇，本以为能找到上山时走过的山口，可不知为何却一次次绕回到那个池塘边上。我记得那时我又好像失了魂一样，幸而母亲在一旁大声地呵斥，我才很快恢复了正常。假想如果那时只有我一个人，恐怕世上又要多一件孩童神秘失踪案了。

还有一件事也是我的亲身经历，但过去的时间太久感觉有些陌生，以至于说起来像是在讲别人的故事。记得那时我四岁，因为弟弟的出生，母亲的注意力和精力自然也都放在弟弟身上，我有些失落，不开心。加之当时肚子里有虫，整天哭闹不停，很招人烦。我记得大约是入秋时节的一天，我拿着一本小人书躺在床上看，一边看一边不停地问母亲我是不是有一个阿姨在神户。当然，实际上根本没有这样的阿姨，但母亲当时应该正忙着其他事，就随口搪塞了我几句。后来，母亲见我睡着了便安心去忙别的事了。不想,过了一阵子再去看我时,发现我竟然不见了。好在只过了三四个小时,我就被附近的农夫带了回来,没有引起太大的骚动,也没有让母亲担心太长时间。据说我当时沿着县道一直向南走,曾有两三个人说看到过我,不过,最后被找到却是在离家两公里外一片松树林边。当时在那附近开垦荒地的人中有一个是我家隔壁的老爷爷,他一眼就认出了我。他问我,你一个人要去哪里呀?我当时回答说,要去神户找阿姨。然而这些我都已经没有印象了,现在我能记得的只有被抱回家时走过的那一两条路,其他全都是从母亲和其他人口中听来的。

一个小女孩独自从横须贺走到东京站的事,之前我也有所耳闻,大概情景也能想象得来。车站的人和乘客即便看见这孩子独自一人,一般也会认为这么小的孩子不可能是一个人出来的,因此反倒不容易引起人们的关注。如此幼小的孩童身上发生这样离奇的事情,往往是因为一时受到某种冲击。虽然这些是外人无法理解的,孩子本人也不会有什么记忆,但是,若加以调查应该会发现,这必是一种暂时性的脑部疾病,又或者是体质、遗传的原因导致的。曾经有不少类似的记录,比如七岁的小孩从高处跳到院子里,说一些怪力乱神的惊人言语。在古代信仰下,全天下都认定这孩子说的话是神谕。不仅如此,人们还会把有此倾向的小孩都找出来,托付给他们许多重要的任务。他们就是人们所说的“因童”[1]。若按普通办法无法使这样的孩子回过魂来,人们甚至会采取特别的方法,比如很多人围住孩子诵经;或者围着孩子敲击乐器,用单一的音调诱催他。后来,这些事遭到警察干涉,人们便私下偷偷地做。这些以前频繁且公然做的事,从那些流传至今的像过家家一样的游戏中,还可以看到些许印记。另外,像“中间的小男孩”“猜猜他是谁”这样的游戏,也是由此演变而来的。虽然这些孩子长大进入社会后便与常人无异,但在其成长的某个阶段显露出的怪异倾向,或许是可以用科学解释的某种生理学现象。仔细观察的话,这些所谓神隐少年身上貌似存在一些共通的特性。古日语中形容孩童不同寻常的“聪(さかしい/sakashii)”“贤(贤い/kashikoi)”等词就带有一定的宗教色彩。“疯癫(物狂い/monogurui)”一词在过去的某个时代应该也是一样的吧。

十　童言知幽界

那些运气好的孩子在消失了一段时间之后还能回来。他们一般都会因为一度失神,立刻陷入昏睡,起来之后又都会寻

①因童:附体童子。陪伴祈祷师,让神灵附体,并使之代述神谕的童子。

求食物。不管问他们什么，多数的反应都很迟钝，会回答说不知道或什么都不记得了。但是，人们往往会刻意去解读这些，试图从孩子模模糊糊的只言片语中探知那个未知的世界，这已成为我们民族长久以来的一种习惯。那些经过渲染的传闻会永久地流传下来，而故事的主角大多都变成无趣的男人，受到人们的讥讽，有时也会被人们称作是天狗的情郎。

类似的传说故事散见于一些古籍中。比如有的记载说因为受命于一个眼神锐利的巨人才跟着去的，还有人说站在一座不知名的山上可以看见海、看见家乡等等，故事大多是这样一些虚幻的内容。不过，也有与之相反的极少数的例外，特别详细地讲述了所见的另一个世界。例如，江户时代著名的近代书记《神童寅吉物语》，讲述的就是一个在神界被称作“高山嘉津间”的少年的故事。除此之外，还有平田派的神道①家以最为虔诚的态度记载的若干神隐的故事，内容也颇为详尽。不过，也正是因为记录的准确，反倒凸显了故事的不严谨。不论是哪个地区哪个时代，那些神隐的少年们所讲述的内容，没有丝毫一致之处。我想这应该是受限于少年们贫乏的知识经验和想象力的缘故吧。

---

①神道：神道教的简称，原本是日本的传统民族宗教，最初以自然崇拜为主，源于日本本土的崇神传统，属于泛灵多神信仰（精灵崇拜），视自然界各种动植物为神祇。

因此，在那个神道不怎么宣扬黄泉阴间的时代，少年们讲述的往往是佛教主张的天堂或是地狱。比如，《续矿石集》下卷记载的“阿波国不朽物语”等就是其中一例。除此之外，那些讲述在越中的立山、外南部的宇曾利山看到过地狱的故事的主角也大都是一些正直老实的人。之所以如此，我想原因与上面所述应该是一样的吧。

《黑甜琐语》[①]第一篇卷三说道：

> 人世间有关于天狗情郎的传说故事。这些被称为天狗情郎的人往往是被拐骗抑或被强掳到各种地方的。有人被拐到妙义山[②]为奴隶，有人被掠到赞岐[③]成了僧侣的座上客。在秋田藩也发生过这样的事。元禄年间，出羽国[④]仙北郡稻泽村的盲人讲述的《不思议物语》里也多有类似的故事。那些被拐走的大多是地位低下的人。一个叫石井的男仆被拐

---

①《黑甜琐语》：随笔，作者人见焦雨，创作于江户后期。书中记载了作者在各国的见闻。

②妙义山：位于群马县下仁田町、富冈市、安中市的一座标高 1104 米的山峰，与赤城山、榛名山并称为“上毛三山”。日本三大奇形之一。也是日本百景之一。

③赞岐：日本旧国名之一，属南海道，俗称赞州，其领域大约为现在之香川县。

④出羽国：日本旧国名之一，属东山道，也称羽州。该国是为了对抗虾夷而设立。明治元年（1868）十二月七日分割为羽前及羽后两国。

走四五回。刚开始大家都以为他是逃走了，但奇怪的是他的东西和衣服却没带走一件。不承想仅过了一个月，他又回来了，还自言将津轻地区转了个遍，描绘起山川村落的样子也是如数家珍，令人震惊不已。之后过了一年，有一天突然从他的屋子里传来吵闹之声，只听他大喊着："饶了我吧！"人们奔去看时，他已消失得无影无踪。这次他是半个多月后从越后[①]回来的。他说从山上曾看到越后城下的火灾。但是大家想听听详细的情况时，他却顾左右而言他，什么都没有说。问其原委，说是他被告诫，如若说出细节定会遭殃。四五年后，他随人去江户途中又不见了踪影。据说这次大概过了半年，又从大阪回来了。

上面故事开篇提到的《不思议物语》这本书里好像还记载了许多其他的奇闻异事。这是二百多年前盲人说的书，因此更加诱发了人们的阅读兴趣。其实关于江户的神隐故事，新井白石[②]也曾谈及。《白石先生手简》（年代不详）里面有

①越后：日本旧国名之一，属北陆道，现新潟县。
②新井白石（1657—1725）：名君美，号白石，政治家、诗人、儒学学者。

一封写给小濑复庵[①]的信,具体内容如下:

正月初七的某天夜里,我一位老朋友的仆人突然失去了踪影。二月二号,一位直参[②]也失踪了,到二月二十八号才回来。他也是我的一位多年的老朋友,文笔很好,在当时是个响当当的人才。据说他被妖怪拐走,游历了附近的群山。除此之外,还听说有两三个人也消失了,不过并没有目击者。

《神童寅吉物语》的故事背景是江户时代,也正因为如此,此书一出便轰动一时,极大地推动了近代有关黄泉阴间的研究。时至今日,它也是具有特殊意义的极为珍贵的记录,知道这本书的人也很多。大正十四年(1925)四月周防宫市的天行居出版了一本名为《幽冥界研究资料》的书,就是这类珍贵书籍的合集再版。其中《嘉津间答问》[③]共四卷加附录一卷,记载的就是前面提到的寅吉的谈话笔记,它经平田翁[④]之手整理而为世人所知。除此之外,还有《幸安仙界物语》三

---

①小濑复庵(1669—1718):名良正,字顺元。擅诗文,别号桃溪。小濑甫庵的后人。

②直参:直接隶属于君主的家臣。特指江户时代,将军直属家臣中知行不满一万石者,即旗本与御家人的总称。

③《嘉津间答问》:作者平田笃胤,别名《神童寅吉物语》。

④平田翁:平田笃胤(1776—1843),复古神道领袖,江户后期国学家。原姓和田,小名正吉,通称为半兵卫。元服之后叫胤行,享和年后称笃胤。

卷，里面记载的是纪州和歌山净土寺的一个小和尚在白头老翁的指引下多次游历于名山的故事。《仙界真语》一卷里面记载了泽井才一郎进入远州秋叶山之后成为神仙的故事，他曾是尾州藩医柳田泰治的门人。以上所有的故事都发生在十七岁的年轻人身上，讲述的都是他们有过的不寻常的、真实的经历。高山嘉津间的传说讲的是他七岁时在上野的山下被卖药的老人带走，并时常往来于常陆的山间。不过，实际上他是在十四岁那年的五月消失的，历时十个月左右回来之后将灵界的事情一一道来。据说他飞行于各地，居住在常陆①岩间山的山顶。由此可见，在天狗山人的社会里，无论是生存方式还是教义都弥漫着浓郁的修验道②的气息。那个时代的学者们就是这样借助调和的手段来阐明自己门派的神道。不过，因为这位少年过于信口开河，前后矛盾百出，对此他们不得不解释为少年的记忆错误或刻意隐瞒，再不然就解释为其中有普通人无法想象的原委。处处留下全力维护的痕迹，可谓辛苦之至。与此相比，纪州的幸安的故事就有所不同。幸安神秘消失于三十多年之后，这期间日本的学术研究有了长足发

①常陆：日本旧国名之一，属东海道，俗称常州，关东最东端的东海道之国。

②修验道：是日本古来的山岳信仰受外来的佛教、中国的道教等影响形成的宗教。修验道的实践者称为修验者或山伏。

展，这也迅速地反映到了故事当中。据说幸安先登上了和歌山附近的花山，甚至还去了九州某地的赤山。当时住在赤山的僧人个个可都是仙人，甚至在《云笈七签》[①]里面他们各自还有一个高贵的汉名，他们对天狗那样的身份低微者也是极其藐视的。故事中还提到幸安曾飞到过中国，也去过北亚洲的山。这些描述的不正确，恰好反映了江户幕府末期人们对于国外地理的了解不足。现代人对上面这些故事一定会感到吃惊，不理解人们“竟然会相信这样的事”。但是，正如日本固有的信仰影响左右着道教的神秘一样，极尽所能曲解，其实正是那个时代的学风。因此众多的奇闻异事都未能超越平田翁一派的研究。

到了名古屋的秋叶大权现[②]的神秘事件，故事就变得更加简单了。这故事距之前谈到的纪州故事大约相差十五年之久，参与之人都没有多少学问，因而故事中留存了较多的纯朴的民间信仰。故事中神隐的年轻人没有喋喋不休地讲述什么奇异的祥瑞，而是呈现了一些常人无法解释、却又不容置疑的

---

①《云笈七签》：道教类书。张君房总编。天禧三年（1019）编成《大宋天宫宝藏》4565卷（已亡佚），又撮其精要万余条，辑成本书122卷。道教称藏书之容器曰“云笈”，分道书为“三洞四辅”七部，因名《云笈七签》。

②秋叶大权现：乃日本静冈县秋叶山的山岳信仰与修验道、佛、道融合形成的神祇，又称秋叶三尺坊大权现，其本地佛为观世音菩萨，共有75尊跟随的眷属神。该神明是家喻户晓、可预防火灾的“火伏神”。

神奇现象。为此,众多信徒沉浸在兴奋和感动的情绪之中。据说当事人受到神的召唤,留下一个年轻的躯壳,灵魂飘然而去。作为近代有关宗教现象的记录,如此纯粹的资料实在是不多见。那些亲身经历此事的人感触加深、信心增强,也是理所当然的事。只是令我感到意外的是后来研究者们的态度。假如把这些稀奇事罗列出来,就会发现如果这部分是真实情况的话,那么另外一部分就一定是假的,如此明显矛盾的地方竟然无人察觉。他们认为幽冥界的玄妙无奇不有,把一切的矛盾都归咎于凡人的智慧有限。倘若这不是盲目信服的话,那恐怕就是他们作为同类对虚假的一种宽容吧。大概也可以说,这就是造成今天鬼术横行的原因。

江户的高山嘉津间、和歌山的岛田幸安这些人之后又如何了呢?现在如果我们试着查询的话,说不定还能获取有关消息。如果他们继续过着行者的生活,那么相关记录也一定会随着时间的推移发生相应的变化。因为那些故事拿到今天来讲,估计已经没有人愿意听了。时至今日,这些故事依然受到人们特别的敬重,绝不只是因为它们以书籍的形式存留了下来这么简单。世间应当没有这样的道理吧。

十一　仙人出现的原因值得探究

“虚假”和“虚幻”的界限绝对不像世人想象的那么明晰。

一些连自己都觉得含糊不清的事，可是一遍一遍地说给别人听，而且听众也丝毫不质疑的话，最终竟然会给人留下一个比现实更真实的印象，甚至连说话人自己也会被深深地感染。过去所谓的精神错乱和现在所说的发疯，二者的差异其实就产生于周围人对此的不同态度。我们的先祖们对那些偶尔变得不太正常的、聪明伶俐并且想象力丰富的孩子反倒是寄予希望的，期望他们能看到普通人看不到的事物。也就是说，那些不可思议的神隐事件在未发生之前，早已被人们坚信是有存在的可能性的了。

大概是室町时代中期，京都曾有一位来自若狭国①的已经八百岁的尼姑。甚至到了江户时代末期，津轻一带还出现过一位生于筑前海岸的长寿女子，她前后有过二十几位丈夫。虽然没有人能证明二人的长寿，但是由于这二人经常谈及古时之事，人们便对此深信不疑。只不过，那些故事不外乎就是源平之战②以及义经、辩庆③的事迹之类的。此外，自诩是源

---

①若狭国：日本旧国名之一，今福井县若狭湾地区。

②源平之战（1180—1185）：史称“治承·寿永之乱”，日本平安时代末期，源氏和平氏两大武士家族集团一系列争夺权力的战争的总称。

③辩庆：平安末期、镰仓初期僧人，在比叡山西塔修行，称为武藏坊，喜好武勇。后侍于源义经。跟随义经逃亡奥州，在安宅关、衣川会战中英勇善战的事迹多被后人改编成能和歌舞伎等。

义经之臣、后成仙得道的常陆坊海尊[①]仙人，也曾出现于东北各地区。他对义经的事迹，尤其是屋岛、坛浦以及高馆之战等倒背如流，与《义经记》《源平盛衰记》里的记载完全一致，因此，当时人们对他的身份坚信不疑。

如今看来，相信这些事情不免有些荒唐，骗子本身也让人憎恨。但是，当时恐怕有什么原因令那些骗子自身也坚信，自己就是常陆坊海尊或八百比丘尼，这也不是毫无可能的事。比如在三河国[②]的长篠地区，那些被九尾狐附体的人一定会说信玄或山本勘助的故事。因为传说这种狐狸也是长寿的，曾见识过长篠之战[③]并受过伤，于是，那些被其附体的人，便没有不知道那场战役的了。

若狭国的八百比丘尼足迹遍布全国。她不仅在自己的故土小滨的神社里有手持山茶花的木像，北部地区、关东各地，向西遍及中国地区、四国各地的乡村田间，都留有很多相传是这位神尼游历过的遗迹。遗迹大多都是她植树以祭神或是堆石祭拜留下的。这些绝不只是一种巧合。这位信奉宗教的非

①常陆坊海尊：平安末期的传说人物，源义经之臣，《源平盛衰记》与《义经记》中均有记载。据说其勇武堪比辩庆，后成仙。

②三河国：日本旧国名之一，今爱知县东部。

③长篠之战：1573 年 5 月织田信长与德川家康联合在长篠城西面的设乐原与武田胜赖军队之间进行的决战。织田军队使用大量火药，大获全胜，武田军队伤亡惨重。

凡妇人，曾经周游各地，自诩其独特之处就是拥有令人震惊的高龄，面貌却朝气蓬勃依旧。一般来说，即使是白发苍苍、满脸皱纹的人说自己已经八百岁了，估计也没人会相信，然而这位神尼却有令人信服的方法或者力量。我们暂且不论这样的神尼到底是一人还是有几人，从文安年间到宝德年间的这段时间，长寿神尼从若狭国来到京都，日日都有许多民众前去朝拜的事，不仅在《卧云日件录》[①]里有记载，《康富记》[②]等书里也以日记的形式详细地记录了下来，因此这件事也就毋庸置疑了。其实当时像七百岁车僧[③]那样，批判长寿之风盛行。在那样的时代背景下，能够证明自己长寿，手段至极非常人可以想象。不过，也正因为是那个时代，随着《平家物语》与《义经记》的广泛普及，普通民众第一次对探究历史、回忆历史起了兴趣，因此比丘尼老故事才得以成就了她的列国游历。不过，仅凭自己想象出来的故事绝不可能将人们完全欺骗。或许神尼自己出于某种特殊的心理，也坚信自己就是已经活了

---

①《卧云日件录》：相国寺的瑞溪周凤所作的日记，共 74 卷，现存 1 卷，主要记录 1446 年至 1473 年之间的事，内容涉及社会形势、禅宗、艺术史料等方面。

②《康富记》：室町时代的权大外计中原康富（1399—1457）的日记，共 93 卷，内容广泛，涉及政治、经济、文化、风俗以及杂事等。

③车僧：能剧主角之一。是一位乘无牛车往来于各国，并于爱宕山智胜天狗的高僧。

那么久，认为自己就是在北国亲眼见过义经和辩庆，于是便给人留下了非常强烈的印象。越中立山地区的传说中，把那些打破禁制试图登上灵峰的女性称为“若狭的登山老妪”。如果这类在山上修行的巫女也有相信自身长寿的习惯的话，那后面我们将要讲的日州国小菅岳的山女曾对世人说其入山数百年的故事，也必然不是虚构的了。也许我们不应该随便怀疑他人的诚实呀！

时至今日，在陆前地区的青麻权现[①]的信徒中，相信常陆坊海尊长寿故事的仍大有人在。虽然不清楚怀疑此事是否有不妥之处，但实际上这一信仰确是分为前后两期，并且在后期的信仰中，海尊这一形象已经不再是普通的“人”了。与此相反，在足利时代即将结束的时候，盛传此人曾在各国生活过的故事多与八百比丘尼的故事类似，稍稍比较一下那个时代的各种传闻就可知晓。比如，会津的桃林契悟禅师——实相寺的二十三世住持，号残梦，自称秋风道士，这位老和尚就同属常陆坊这一类。他也喜好讨论源平之战以及其他史上旧事，桩桩件件皆宛如自己亲眼看见的一般。还有一位居于石城郡名为“无为”的老僧，说他曾拜访过残梦，二人常常聊起夜讨

---

①权现：指佛为拯救众生而以神、人等暂时的姿态出现在人世间，也指其化身的神、人。

曾我[①]的故事。当时这一地区的人尚不知晓已有书籍详尽记录了夜讨曾我或者源平之战的事，因此仍有为数不少的人对他们的细致描述感到震惊。如果人们询问残梦的年龄，他一般会回答说已经一百五六十岁了，可是进一步细问，他反倒会说记不清了，拒绝回答。于是便有了他应该就是常陆坊海尊的传闻流传开来。当然，这恐怕也是因为当时的舆论普遍认同有仙人存在。另外，也有传说称，曾有一位自称福仙的磨镜匠来过，残梦一见此人就说他曾是义经的旗手，福仙也对世人说残梦就是常陆坊海尊，如此一来，事情好像变得更加明确无疑。之后，这位和尚于天正四年的三月留下一篇佛经便圆寂了，墓地就在他修行的寺院里。尽管如此，各种常陆坊仍然活着的说法依旧流传不止。《本朝故事因缘集》中就有这样的记载，“海尊隐世之后便进了富士山。虽无食物，石上如饴之物颇多，便以此为食，不复饥。并以生长三百年的古树之叶为衣，如此生活。近代时期信浓地区的深山里曾有岩窟，他便游乐于此间，数年不老”。我们假想若仙人只是常住山中，人世间应该不会留下这样的记载。由此可见，仙人一定也是像若狭国的八百比丘尼一样，时常重回世间的。《能登国名迹志》

---

①夜讨曾我：能剧之一，宫增作。故事主要讲曾我十郎与曾我五郎兄弟为了给父亲报仇，于富士山麓的原野下与古屋五郎以及御所五郎丸等决斗的故事。

中记载说“常陆坊甚至曾到过位于能登国狼烟村的山伏山，在此地与源义经分别，后修炼成仙，居于此山，不时以僧侣之姿出没于世间”。事实即便如此，可他大谈什么高馆、衣川等传说，也未免有些牵强。此外，加贺地区曾有六十岁左右的名叫残月的老僧，据说他甚至知道现今南北流向的犀川[①]和浅野川[②]曾经有过东西流向的时候，对那时的事情也颇为熟悉。传说他曾到过越后的田中地区，并与小松原宗雪在同一寺院修行，不吃五谷而以树脂为食。之后，残月就是常陆坊、小松原就是亀井六郎的传说便慢慢流传开来。“只要有人提到《义经记》，残月便会情不自禁地说起那时的故事”，《提醒纪谈》卷一中虽有这样的记录，可是如果残月与亀井投缘的话，想来应该不会在能登就分手吧。另外，《广益俗说辩》第十三卷中有记载：“海尊在高馆被攻陷之前就已隐入山中成为仙人，并且时常在富士山、浅间山、汤殿山等地现身。”但是，羽前地区最上郡谷口村的外川神社附近也有海尊仙人曾在此居住过的传说。除此之外，还有传说讲常陆坊昔日从松前归来，经过陆前地区气仙郡唐丹的观音堂时，曾手指别当山上的成

---

①犀川：日本向西北流向石川县中部的河，长 34 千米，发源于富山、石川县境的大门山，贯穿金泽市后注入日本海。

②浅野川：日本向西北流经石川县中部，贯穿金泽市市区的河，流向大体与犀川平行，出产金泽名产杜父鱼。

就院说："这里有龟井的墓地。"年深日久，海尊仙人出现在何处都不足为奇，但众说纷纭，每种说法却各有出入，究其原因应该是当时有多位被称为常陆坊的同名之人存在。据说直至宽永初年，在平泉古战场附近的山中，仙台的藩士小野太左卫门还遇到了一位非常奇怪的常陆坊。因为他谈论的是源平时代的一些见闻，并且就像亲历此事一般详尽，因此小野马上认出其海尊的身份，并恭恭敬敬地请教兵法及一些延年益寿的秘诀。那位异人答道："也没什么特别的修行之术，只是过去随义经在高馆的时候，曾于六月中前往衣川垂钓，进入达谷后，一老者以食待之，肉红味美，谓之曰仁羹。其他随从觉得奇怪不愿食用，便携带归来。后有女食之而得以长生不老，于天正十年不知所踪。"这类说辞与若狭、越中等地盛传的八百比丘尼的长寿理由是一样的，所谓的仁羹其实就是人鱼之肉。这不过就是一个想要表达日本仙人不同于中国仙人的传闻罢了，日本的仙人没有什么特殊的法术，凭借的是难以依靠修行获得的命运之类的东西。如果日本仙人们连得道之术都要效仿中国人的话，那也就不够资格称仙了。即便只是得到这样的答复，小野太左卫门还是对这种说法甚为赞赏，并向其主家伊达政宗进言，便有了日后的清悦觐见。清悦就是这位自称长寿者后来的名字。据说他在读过《义经记》之后，认为其中有错，于是口述源平合战记，记录下来便有了流传至今的《清悦物语》。如果将《清悦物语》与《吾妻镜》《镰仓实记》相比较的话,就会发现其中有很多不一致的地方。由于口碑很好,宽永年间以后的很长一段时间里,清悦的名字还深深地刻在老百姓的脑海中。传说他再次现身于岩切地区的青麻权现神社的岩窟的时候,刚好是距《清悦物语》问世十五年的天和二年。相传当时有一名为铃木所兵卫的笃信神佛的盲人,因受他指点,向天祈祷而得复明。当时他是以一位气度不凡的老人的形象出现在世人面前的,并自称"我即是常陆坊海尊,如今名唤作清悦。之前巡视四方,居于下野的大日窟,打算今后久居于此"。并询问此窟中供奉的是哪路神仙,有人回答说是大日、不动、虚空藏三尊,他便说道,万幸的是自己信奉的也是日月星三神,今后就改洞穴名为三光穴,随后即进入岩窟。这是吃过人鱼肉之后的常陆坊的又一新变化。不过,这一传说应该是历经八十余年该神社再度兴盛起来之后传播开来的,至于是否还有之前的版本则有待考证。

近年来,认为常陆坊其实就是天狗的观点获得普遍认可。常陆国阿波地区的大杉大神明也曾祭拜过此人,除了一些特殊场合,常陆坊几乎不现真身。不过,也有另一种说法,称常陆坊尘缘未尽,不时还有昔时的常陆坊老人混迹于人世间。

这个话题已经谈论得太长了,可还是有必要再追加一点。据说几乎是与青麻权现神社显灵奇迹出现的同一时期,仙台地区从角田到白石一带也出现了一位异人，他寄居于附近村落的世家大户，时人称作白石翁。其人身长六尺，目光如炬，神儒两道的要义皆通。此翁最大的特点是只要看到纸就要写字，并且经常讨论源平之战。他虽然不告诉别人自己的年纪，可是不管见谁都叫臭小子，即便是对角田的长泉寺里已经一百零七岁高龄的天鉴和尚，也是以臭小子呼之。下棋的时候，有时还会突然说起曲渊正左卫门的事情，此人已是两百年前的人了，其身世一直是个谜。因此坊间各种传闻四起，有说他或许是甲州国的山县昌景，也有说他是武田信玄的次子鼓圣堂之子，还有说他或许就是清悦。虽然确定他已经于元禄六年的二月十八日病逝于白石的某个世家家里，但是据说在其后十年，有一商人在去往京都的途中还遇到过白石翁。当然，仅基于以上传闻便把他当成海尊，也许还是稍显牵强吧。（以上选自《东藩野乘》下卷及《封内风土记》四）

综观上述传说，最引人关注的一点就是：知道源平之战往往被当作长寿的证据。那些与熊野神社有关系的东北地区的世家钟爱辩庆与铃木、龟井等的勇武事迹，也正是因为这些世家想要尽可能多地听到这类故事，最终促进了《义经记》等地方文学的发展。当然，能够为此提供新素材的人受到特别尊重也是情理当中的事了。如果上来就告知大家故事是杜撰的，人们自然不会理睬。那些盲人乐师讲故事时首先要说自己被当时参与源平之战的勇士的灵魂附体或受其暗示、托言，皆缘于此。由于传说中常陆坊是在高馆城被攻破之前就失踪了，所以后世之人并不忌讳被这样的活灵附体，并且他也不是特别重要的法师，讲一些他的情况也无大碍。因此，自称是常陆坊海尊，仿佛亲历源平之战似的惟妙惟肖地到处宣讲这些故事，几乎成了盲人乐师昔时的惯例。由于讲得过于巧妙，以至于周围的人都以为真人现身，或者连乐师本人也觉得自己就是常陆坊了，将谎言讲得貌似亲眼所见般真实。不过，如今对此已无法考证了。值得我们关注的另一点是故事的模式。就像中国的寒山与拾得的故事一样，残梦与无为长老对谈、与福仙相指互认，残月与小松原宗雪一起修行，清悦与小野相伴，以及白石翁称天鉴和尚臭小子等等，这种模式好像自古即有。陆中地区江刺郡黑石市的正法寺里有一尊歪鼻子地藏，相传因为这个石地藏私下向和尚们透露了常陆坊的真实身份，常陆坊在返回时留意到这个石地藏表情不自然，发现端倪后便扭歪了他的鼻子。毫无疑问，这个歪鼻子地藏像是海神传说中那个误吞银针的海女，还有吃活猴肝治病的故事中那个走漏消息的龙宫水母一样，如果缺少这些人物，故事也就不成为故事了。当然，只取当前一个例子就想揭示奇异现象的方法是不科学的。相传天明初年，上州伊香保地区有一樵夫自称得到海尊传授，广施木屐针灸之法于世。这个传说在

《翁草》[1]第一百三十五卷中有记载。据说他和福仙一样,曾是义经的旗手,入此山后成了地仙。这些盲人乐师弹唱的古净琉璃年代久远,木屐也罢、针灸也罢,影响的痕迹在近代生活中仍有体现,真是令人难以忘怀。

十二　化作高僧周游列国的狸猫

既然讲到了山里的故事,那我就在此顺便说一些奇特的传说。关东各府县乡村的古老世家中多藏有狐狸或狸猫所绘的书画,伴随着这些书画流传下来的,还有与之相应的许多不可思议的故事,大都是狸猫幻化成云游的僧人逗留此地期间发生的一些趣闻怪事。那些流传下来的书画大都是狂放却不失活泼的潦草之作。如若问及如何得知僧人即狸猫的话,人们往往会说主要源于时隔数日后它在偏远的村庄被狗咬死的传言。此外,也有另一类说法,相传那名僧人在此停留期间,非常反感和人一起用餐、入浴。有人偷看,发现他把食物倒在饭桌上,直接趴上去吃。还有人透过浴室的蒸汽看到他耷拉着一条长长的尾巴。

作为狸猫现出原形被狗咬死,这一说法实在是不足为信。

---

①《翁草》:神泽贞幹著,随笔,200卷。主要讲述中古时期至江户宽正年间的民间传闻与奇闻异事。

因为若它是以狸猫的形象被咬死的话，便无法判定它就是那个和尚；若是以和尚的样子死去，则不能说他就是狸猫。总之就像“雀入大水为蛤”[①]中雀和蛤的关系一样，如果没有亲眼见到甲变为乙，就不能视之为真实加以记录。依笔者拙见，恐怕是和尚自己的举动或是私下有所表露，才构成了这类故事。

所谓狸猫和尚的故事，铃木重光先生的《相州内乡村话》中有一篇相当篇幅的报告，观点新颖，引人深思。铃木先生所住的村子附近，也就是以小仏峠[②]为中心的武相甲一带，那里的众多村落都流传着天明年间（1781—1788）有狸猫变成镰仓建长寺的御使僧的故事，出于其手的书画作品散布于各个村落。铃木先生亲眼见证的有两幅画，一是存于东京府南多摩郡加住村宫下区的《白沢图》，另一幅是神奈川县津久井郡千木良村的《布袋和尚过江图》。后面这幅画中的布袋和尚不仅丝毫没有那种富态相，不知为何反而面相神似狸猫。邻近千木良小原町[③]驿站旅馆的清水氏也收藏着一幅字，徒有字形却无法判断是何字。更奇怪的是，诸多村落里都有和尚

---

①雀入大水为蛤：深秋天寒，雀鸟都不见了，古人看到海边突然出现很多蛤蜊，并且贝壳的条纹及颜色与雀鸟很相似，所以便以为是雀鸟变成的。

②小仏峠：日本地名，位于东京都八王子市和神奈川县相模原市绿区之间。

③千木良小原町：日本地名，位于神奈川县相模原市。

被狗咬死并现出原形的遗址，其数量或许比流传下来的书画数量还要多。建长寺对此事不置可否的态度也令人费解。对于狸猫将劝它向善的僧人咬死并化成其模样这个故事版本，寺院予以了否定，认为狸猫幻化成的是圆寂高僧，并替他完成了重建山门的遗愿，现在寺院依然收藏着两幅传说是那个狸猫所作的书画作品。这些内容与后文讲述的文福茶釜的故事惊人的相似。

和上述故事相似的还有很多，现试举我还记得的两三例。《静冈县安倍郡志》中记载该郡大里村下岛区的长田氏处至今还存有一幅狸猫留下的字。这幅横卷书轴上写着的是一个很像“狸”的奇怪的字。该字被解读为暗指狸猫。相传狸猫变成建长寺和尚，自称要进京，还光明正大地列队走进了村子。此外，还曾有狸猫在邻区西胁的萩原氏村长那里投宿，也留下了一幅书作的传说，不过书作后来却遗失了。不久之后，安倍川的河滩传出了狸猫和尚被狗咬死的消息。据《传说的下伊那》这本书记载，在信州下伊那郡泰阜村一个名为温田的地方有一幅狸猫的画像，是一幅怪异的兽身人面像。不过这次故事的主角不是和尚，而是宣扬自己大有来头的京都贵族，是从远州路翻山越岭到这个村庄来投宿的。他出入时从不打开轿子的门，连这户人家的人也没有看到过他的长相。据说他于翌日清晨出发之时，放下此物作为谢礼。这只狸猫此后还进入了名为柿野的村落，重复了相同的行为。终于在天龙[1]一带被上穗[2]的光善寺里养的狗识破了原形，被咬身亡。光善寺所养的这只狗就是传说中的灵犬悉平太郎，是解决了远州城卫活人祭祀事件的主人公。故事中哪些内容是传说，哪一些又是真实发生的事，就无从判断了。

《蕉斋笔记》中有如下故事。在安永（1772—1780）初年，有一位自称来自京都大德寺的和尚，来到了三州[3]龟浜一户叫作鸣田又兵卫的富人家中。他孤身一人到处云游，在此地停留了三十日之久，应当地人索求留下了大量的墨宝后离开。之后当地人向京都送上问候信，却发现大德寺根本没有这样一位和尚。不过，据说寺里此前有一只狸猫，总是半夜时分来到廊下聆听和尚讲述佛法，后来它偷走了和尚书桌上的石刻印章，不知所踪。如此想来，上述种种莫非就是那狸猫所为？果然日后不久便有传闻说在江州[4]大津的驿馆，有一只狸猫正要换乘轿子时被狗咬死了，虽不知到底是真的狸猫还是幻化为和尚的狸猫，但据说他手里当时拿着的正是那个石刻印

---

①天龙：日本地名，位于静冈县。

②上穗：日本地名，位于长野县。

③三州：日本旧国名之一，属东海道，大约为现在爱知县的东部。

④江州：日本旧国名之一，近江国的别称，属东山道，大约为现在滋贺县。

章。三州那里至今还保留着他画的一架屏风，字写得非常出色。当然，仅凭这些材料我们并不能断定狸猫就是书法家。

刚开始偶有行旅僧人是狸猫的传说，在流行起来之前做一些铺垫准备当然是需要的。比如关于狐狸写字的故事就有很多，《盐尻》（帝国书院本）的六十八卷及七十五卷中都有与此有几分相似的故事记载。美浓安八郡春近的井上氏家传的书法作品据说就是狐狸写的。临摹本上苍劲有力地写着“鸟啼花落”四个字，下面署名是梅菴。它本名板益亥正，是一只常年住在井上家后园的老狐，经常幻化作人来家中拜访。除了书法之外，对医学也颇有心得，还经常说道论禅。一日忽然不见再来，也不知所踪。之后，有传言说村里人上京时在大津偶遇了梅菴。他已经垂垂暮年，不久人世，伤感不能与平日亲近的井上氏再见，于是落泪行书托赠井上氏，并留言嘱咐井上要教育子孙尽孝父母、勤于学习。梅菴虽是野狐变成的僧人，平时也遵守斋戒，奉行过午不食，这些都太像中国小说里的故事，不过现有这幅“鸟啼花落”的字画为证，我们也没什么可怀疑的。《宫川舍漫笔》卷三中的记载与此内容上有所出入，根据此书的记载，那篇狐狸书法的署名并非梅菴，而是清晰明了的“野干坊元正”。

实际上，人们很难分辨这类狐狸到底是幻化成人还是修成人身。所以即便本人不愿露骨地告知自己是狐狸，做一些暗示提醒却还是必要的。一只叫作空菴的狐狸曾自己写下了“狐”字，这一故事在《一话一言》里有记载。骏州[1]安倍郡的一只狸猫也留下了一幅像是“狸”字的书法作品。另一方面，江户时代还有很多人扮作狸的故事。老练的旅人会在腰间挂上狐狸的尾巴，故意让它在斗篷下忽隐忽现，让那些轿夫马夫以及旅店的老板对他产生敬意，甚至反过来连狐狸都上当被骗的民间故事也广为流传。所以对于那些所谓的狸猫和尚，虽然不能以“作假”一言概之，但我认为至少需要对其暴露的原因做进一步考证。

这些狐狸在游历各国时，一般不会选择变成武士或商人，而大都会变成和尚或是皇家僧侣，这一定有缘由。上州[2]茂林寺的文福茶釜的故事很具代表性。曾经有个奇怪的僧人住在这里，它的真身是一只狸猫，为寺院做了很多工作之后便消失了，还留下证明了佛法衰落的一些东西。禅宗的僧人们虽然认为这很离奇，但并不排斥这个故事，反倒常常意味深长地讲述这件事。会津的一个寺院，将守鹤西堂的天目茶碗当作传家宝。守鹤西堂也和常陆坊海尊一样，是少有的长寿之人，他对于别人关于自己是否是狸猫的质疑，也只是保持微笑，并

①骏州：日本旧国名之一，属东海道，大约为现在静冈县东北及中部。
②上州：日本旧国名之一，上野国别名，今群马县全境。

不予以否定。在东京附近府中市的安养寺，有一只追随了三代住持的狸猫叫筑紫三位，此事记载于寺院志书中。横滨在关村的东树院也存有号称狸猫画的《渡唐天神象》（《新篇风土记稿》二十四及二十八）。由此可见，这些东西并不是建长寺独有的。

与人为善、不做坏事的狐狸的故事，多与各个寺院有关，是佛法连野兽也可以普度的证据。不过，这些并不全都是基于僧侣的善意而结下的因缘。依照现在的观点来看，狐狸是人类的敌人，人们一心想要避免被它所害。但是，在它受到祭祀的时代，它还是向人类表示了各种善意，行为方式也不墨守佛法成规。例如在越后的某个山村，正月十五刚入夜的时候，狐狸会从山里发出洪亮的声音，预言一年的凶吉并批评村民的一些行为。根据《东备郡村志》记载，冈山市外的円城村有一只老狐狸，它变成人的样子与人们交往，将人类的语言学得很好，经常给大家讲一些附近古城的故事。想要听故事的人，给它送上食物，它就会把人带进一间上锁的屋子，娓娓道来，与人无异。它温和宽厚与人无害，是个非常奇特的怪兽。甚至三河长篠[①]的妖狐也是一样，它并不是江户时代那种暴虐

①三河长篠：日本旧地名，今爱知县新城市。

至极令人切齿痛恨的形象。它附身之后必会大谈鸢巢城①的故事，甚至会进一步谈到山本勘助②的智谋，详细地讲述川中岛合战③这类故事，有传闻说现代历史学家甚至怀疑这仰或是小幡勘兵卫④吹的牛皮。如果只是为了证明令人类烦恼的是妖狐、妖狐就是年老的狐狸的话，根本不用如此大费周折。这也许就是古时人们为了听故事，特意招来狐狸以助兴之事的余韵吧。各国的狸猫和尚、常陆坊和八百比丘尼之类的都是一样的，甚至连他们自己也和众多的听众一样，与附体的生灵、神灵同化为一体，庄周梦蝶般无法明分真伪了。

最近报纸上经常有报道说，一旦出现令医生感到棘手的病人，其家人和亲戚就会认为病人是被狐仙附体了，这种情形在某些地方依然存在。但无论是多愚昧的人，应该也不会无根无据就做出这样重大的判断吧。一般情况下，多是因为此前有过类似的先例，于是家人便心照不宣地认定是狐仙附体，并暗中提高警惕仔细观察。果然随着时间的推移，病人的行为越发让人生疑，喜欢的食物变成了狐狸喜欢的小豆饭和油

---

①鸢巢城：日本地名，位于岛根县出云市。

②山本勘助：日本战国时代武将，武田信玄的家臣。

③川中岛合战：日本战国时代，武田信玄和上杉谦信之间发生的战争。

④小幡勘兵卫：安土桃山时代到江户初期的武将，军事家。

豆腐，手的动作和眼神也发生了变化，时常还露出偷奸耍滑的神态。直到逼得人恨不得爆粗口时，病人自己才堂而皇之地自报家门，说自己是某某山的稻荷大神。情况发展到这一步，主要是病人和家属共同“努力”的结果，如果这是精神病的一种的话，那么患者绝不止一人。和狸猫幻化为游僧一样，众口铄金，只要大家认定和尚系狸猫所变，对此深信不疑，反过来诱导和尚也这么想，这种可能性也是存在的。

在佐渡，有很多人家里都保存着署名为“新罗王书”的奇怪的草书作品，我也曾见到过一部分。虽说颇有年代，但可以肯定的是，这些东西都是新罗这个国家灭亡后四五百年甚至更久之后的作品。据说当地确实曾有异人于天文年间(1532—1555)或更晚一些漂流至此，后来还学会了当地的语言，成为当地人中的一员。他虽然被称为是只会写书法的怪人，但留有子孙至今，应该不是骗子。因为连他自己也觉得自己就是新罗王，而他周围的人同样深信不疑。于是，这看似不可能的历史便也得以成立了。

由此看来，那些被神隐的少年回来后的故事以及他们宗教性的行为，多多少少对近世的神道之说有所影响，也就不足为奇了。自上古以来，在民间信仰中，神隐是一个重要的通往灵界的方法，我们对于无穷宇宙的想法，始终是循此途慢慢进化成熟起来的。书籍知识得以普及之后，人们才开始不再盲从。但是,为何我们的生活中至今还保留着一些愚昧的习俗,我们无法解答。这也是我想写此书的缘由。

十三　奇异的神隐规律

每一段神隐故事的背后,都暗藏着一段悲伤。为了揭开神隐的神秘面纱,就必须尽量多地收集此类素材,特别是那些被神隐后侥幸归来的故事。在日本,社会心理学这门学科目前仍停滞于翻译外国研究成果的水平,要等到我们自己的社会心理学家出现,似乎还遥遥无期。为了使这漫长的等待不那么无聊,我打算以早前收集到的三两个实例为素材,试着做一些深入的探索。

于我们平凡的生活而言,神隐事件无疑是最诡异、最难以预料的。然而这类事件不仅自古有之,且时有发生。更让人不可思议的是,这些事件不仅过程极其相似,而且似乎都沿用着同一套法则,这套法则并不像是人为设置的。例如,在信州等地就有这样一种说法:人若被山里的天狗掠走了,一般被掠处会整齐地摆放着他的鞋子,人们也能以此断定此人不是被狼叼走了或自杀了。虽然此说有待考证,但问题的关键在于,为何会有这样的说法?

有些地方,人失踪后寻找两三天仍不知下落,才会断定此人被神隐了,接着就用特殊的方法进行寻找。若用此法,七天仍未寻到人时,有人会选择放弃寻找,也有人会登上山顶,大声呼喊失踪儿的名字。听到有人应答,便认为那孩子还活着,以此寻求慰藉。在八王子市附近有一座山,叫作“唤儿山”,听说那山上时常传来失踪孩童父母的呼唤声。当有人不幸失踪时,同乡人就会遵循邻里间的“义理人情”,排好队伍,全体出动,按照特定的路线进行巡游。这种做法与其说是面对变故时邻里间的相互扶持,倒不如说更像一场葬礼的仪式,搜索手段和目的完全不切合。我觉得这种习俗肯定另有深意,只是已被人们忘却了。若不解开此谜团,恐怕就无法了解日本多有神隐故事的原因所在。

整体来说,这样的事情越来越少了,现如今只剩下相关的故事还在流传着。虽然有些地方已不用“神隐”一词,但认定失踪者是被狐狸骗走,或被天狗掠走时,寻人的方法基本还是一样的。孩童走失时,人们就会“哐哐嘁、嘁哐嘁”地敲起锣鼓,敲锣方法不外乎是《钓狐》[①]等戏剧中的杂子[②]伴奏法。除了锣鼓,也会敲打其他的东西,全国各地的风俗很相似。例

---

①《钓狐》:狂言的表演曲目之一。内容大概为:一只狐狸化作一个猎狐者的伯父,劝说猎人放弃猎狐。猎人将猎狐工具都扔了,狐狸看见了猎狐诱饵——油炸老鼠,一下就暴露了本性。猎人将其捕获,但后来那狐狸还是逃走了。

②杂子:能剧的伴奏。

如,在大和国[①]北部,寻找被狐狸拐走的孩子时,会有很多人边敲锣鼓,边齐声大喊“还我大郎、还我二郎”。虽然孩子真名并不叫大郎、二郎,但大家每次都是这样喊的。寻人队伍中,与失踪孩子最亲近的人,如他的哥哥或父亲,一定会手里拿着一升的斗,走在队伍的最后,边走边敲斗底。据说这样做,能最先看到那失踪的孩子。在纪州田边也有这样的风俗,敲锣打鼓的同时,还会用梳子刮斗底,制造出奇怪的声响。据说在播磨国[②]的印南郡,寻找失踪的孩子时,村里的人会举着火把,敲着金属脸盆,边走边喊着:“哦拉吧,哦哦啦吧哦。”另外,还会特意让一个人手里拿着斗,走在距寻人队伍一百米左右的地方,边走边用木片敲斗。据说这样做的话,狐狸就会把藏起来的孩子扔到那个持斗人的身边。在同一个地区的美囊郡[③]等地,人们认为失踪的孩子不是被狐狸而是被天狗藏起来的。寻人队伍中也会有这样一个人,那人将孩子平时用的饭碗拿在手里,边走边用木片敲击碗。在越中国[④]的鱼津市[⑤],寻找失踪孩子时,敲锣鼓和一升斗的习俗一直延续至三

---

①大和国:日本旧国名之一,今奈良县。

②播磨国:今兵库县西南部。

③美囊郡:现指三木市及神户市北区淡河町。

④越中国:日本旧国名之一,今日本富山县全境,古名越路中。

⑤鱼津市:位于富山县东部。该市的沿海地域以海市蜃楼而闻名,另外日本的国家指定特别天然纪念物鱼津埋没林也位于此。

十年前。据说这样做是因为敲斗底发出的声音，会刺痛天狗的耳朵，这样一来，它就会把抓来的孩子从树上扔下来。（《土之铃》[①]）

看了上述的例子，也许大家会联想到生活中其他一些禁忌。现如今很多农村仍保留着不准敲打碗、锅、斗一类物品的习俗。究其缘由，说法不一。有的说敲这些物品会招来穷神，也有的说敲击这些物品发出的声音会招来狐狸。在关东，狐狸说比较盛行。也许是因为在远古时代，敲击餐具就意味着要与大家分享食物，由此生出招来穷鬼一类小神的说法吧。于是，人们一边禁止随意模仿此类动作，另一方面又会做这种动作来召唤那些将孩子隐藏起来的神灵。相传，平安时代的大将军——俵藤太[②]从龙宫带回的宝物里有一个米袋子，那袋子里的米取之不尽、用之不竭。后来，他的子孙无意拍了拍那袋底，只见一条小白蛇从袋中飞了出来，自那以后，袋子里

---

①《土之铃》：石川邦子著。全面地介绍了土铃这种物品。土铃是以陶土为材料制作而成的铃铛，是日本一种传统的乡土玩具。在日本古代传说中，妖怪基本上都怕铃声，所以摇晃土铃发出的声音被认为有驱邪的作用。

②俵藤太：即藤原秀香，平安中期著名武将。相传近江国势多的一座大桥上，龙女化身为一条巨蛇横卧在那里。秀乡踏其背过了桥，龙女佩服他的勇气，于是求他帮忙制服三上山的一只大蜈蚣，秀乡满口应允，手拉弹弓将那蜈蚣射死，为此秀乡从龙女那里得到取之不尽、用之不竭的米、布及有求必应的神锅。

的米就消失了。若这个故事也属于此风俗系统，那么这里的“拍打”与上述的“敲击”就有一样的效果。由此我们不难推定，寻找失踪儿时敲锣打鼓的目的，并不是为了让失踪的孩子听见。

近年发行的《能美郡志》上，记载了很多天狗将人隐藏起来的故事。由此可见，加贺国[①]的能美郡[②]等地盛传的是天狗说。相传二十年前，在能美郡的游泉寺村，一个名叫伊右卫门的老人遭遇了“神隐”。事后，村民们分头去找，结果在村界的小山坡上发现了他。当时，他满脸苍白，目光呆滞，一动不动地坐在一棵松树下，那松树亭亭如盖，被当地人称为“松神”。据说村民们寻他时，是按照当地的寻人习俗进行的，边走边唱“伊右卫门吃了青鱼”。之所以这样唱，是因为听说神灵特别是天狗极其讨厌青鱼，这样唱的话，它就会把藏起来的人放回来。（据立山德治君所述）

据说在琉球[③]把这种走失现象称为“物迷”。当有人遭遇“物迷”时，部落中的青年就会分头去找，在森林或洞穴中以棒击锣，并大声喊“某地某人呀，快来吃红豆饭哟”。虽然上述两个故事很相似，但还是不能断定琉球的神灵是否真的讨

①加贺国：日本旧国名之一，今石川县南部。
②能美郡：现指能美市、小松市的大部分、白山市的一部分。
③琉球：今冲绳。

厌红豆饭,因为在本州,红豆饭可是神灵的喜爱之物。至于青鱼在民间信仰中的地位,还有必要仔细调查一下。不过,至今从未有人着手于此。

离奇失踪的不仅仅只有孩子,还有为数不多的成年男女,而且失踪之后,几乎没有人再回来。不过,如果失踪的是年富力强的男子,多数情况下人们会认为他带着女子私奔了或畏罪潜逃了,一般不会认为他遭遇了神隐。被神隐者在永远消失之前,一定会在亲朋好友面前闪现一次。几乎所有地方的人都相信这种说法。例如在盂兰盆会等传统节日时,街上人潮涌动,无意间,他会与你擦肩而过,打个招呼后,便匆匆离去,当你反应过来他便是之前那个遭遇神隐、害得家人四邻惶惶不安的人时,他已无迹可循。这样的故事很多地方都有。仔细分析这些故事,我们可以发现,即使在年轻人动不动就离家出走的今天,很多父母还是会相信自己的孩子可能被神灵召唤走了,就如同认定树下会整齐摆放着失踪者的鞋子一样,从这些故事中不难觅出失踪者的父母为之所做的努力。

在《西播怪谈实记》[1]中有这样一则故事。揖保郡[2]新官村的村民名唤民七兵卫,上山砍柴再也没回来,他的父母兄弟

---

①《西播怪谈实记》:春名忠成所著。主要介绍了日本近世各地的鬼怪故事。

②揖保郡:兵库县的一郡。

们为此非常伤心。两年后的一个夜晚,从村后的山上突然传来“七兵卫回来了”的喊声,村民们闻之满心欢喜地向后山跑去,跑到山脚时那声音还在,然而登上山顶后,那声音却消失得无影无踪。至此村民们都议论纷纷,认为民七兵卫可能成了天狗的佣人。事后又听说一位早年离家久居江户的村民回乡途中在兴津[①]驿站遇到过七兵卫,相互打了招呼后,才各自赶路。该村民回乡后听说他失踪的事,吃惊不已。从那以后,七兵卫便音信全无。换言之,若村后的山中从未传来过那喊声,人们肯定会认为七兵卫是私奔了。因为有此习俗,故事才自然而然渐渐有了上述那样的特征。

在《九桂草堂随笔》[②]第八卷中记载着这样一个故事。这个故事是该书作者广濑旭庄[③]先生的亲身经历。他在书中写道:

在我的家乡(丰后日田郡[④])有一个叫伏木的村子。村里有个五六岁的孩子,时常半夜啼哭不止,于是那孩子便被家人赶到了门外。过了一会儿,家人

①兴津:位于静冈县静冈市,古代因是东海道上的驿站而繁荣。

②《九桂草堂随笔》:江户末期广濑旭庄所著。主要记录日本的鬼怪故事。

③广濑旭庄:江户末期著名的儒学家、汉诗人。

④丰后日田郡:今大分县日田市。

听孩子哭声渐弱，好似从村旁的山上传来，急忙出来看时，孩子已不见了踪影。十年后，一个名叫小一的乡人路过日向的梓越峰时，看到一个怪物从山脚往上爬。那怪物身长八尺左右，浑身毛发丛生。吓得小一浑身瘫软，动弹不得。那怪物走近他，竟用人语问他："你是哪里人？"答曰"日田"。怪物道："我的家也是那里的。你听说过伏木村有一个孩子失踪的事情吗？"答曰"知道"。"我便是那失踪的孩子。十年前我被现在的主人掠走了，从那以后便一直听命于他，现在奉命管理这几座山。"那怪物说完从怀里掏出了一个饼状的橡果做的东西，拜托道："若我父母仍在人世，请把这个交给他们。"小一问他要去往何处，他说他要去椎叶山，说完就转身离开了。只见他似飞鸟般快速爬上了断崖。这个故事是小时候从小一那里听说的，我想那怪物应该就是野人吧。

十四　年轻女子常遭神隐

年轻女子遭遇神隐，可谓怪事连连。早前在岩手县盛冈市，我曾从一个和尚那里听说过这样一则故事。相传三十年前，在盛冈市有一个卖酱油的商人，平时他在外做生意，就留妻子独自守家。有一日黄昏时分，妻子将大门打开，独自站在门外，左邻右舍看到此景，都觉得这个时候一个女人家独自站在外面有些不正常。果不其然，就在那晚，妻子便失踪了。商人发现妻子不见后，完全没有心思做生意，每天如疯了一般四处寻找妻子。有一日，他打算去岩手山的温泉附近碰碰运气，没想到这次居然真的看到了妻子，那也是他最后一次看见妻子。也是黄昏时分，他独自在温泉旅馆里望着窗外发呆，正在此时，妻子突然出现在不远处的山中竹林里。他欣喜若狂，立刻朝那座山飞奔而去，可就在他奔向那座山的时候，妻子的身影却沿着竹林渐渐飘了起来，越飘越远。他只能眼睁睁地望着妻子消失于群山之间。

岩手山山麓下一个名叫雫石的小山村里，也发生过类似的故事。有一日，一村民送女儿出嫁，临行前突然有点儿事耽误了一小会儿工夫，村民就让女儿先骑在迎亲的马上等着。不承想等办完了事，准备送女儿走时，却只见迎亲的马不见了女儿。家人四处寻找，却始终没有寻到女儿的踪影。数月之后，一个寒冬的夜晚，五六个人在村头路边的小商店里聊天，正聊得起劲儿时，突然门哗的一声被拉开了，随后一个女子走了进来，说要买酒。定睛一看，竟然是那位失踪的新娘，众人都惊呆了，没有人敢开口询问。就在大家犹豫不决时，那女子已经买完酒，迅速走出了店门。众人随即跟了出去，到店外四处张望，已不见那女子的踪影。于是大家猜测当时房顶上肯定有人，等那女子一出门便把她吊到空中带走了。

我听说过好几个这样的故事，都发生在岩手县，这应当纯属偶然，并不意味着岩手县比其他地方发生此类故事的概率大。岩手县的上闭伊郡有一个叫鳟泽的小山村，这个村也发生过年轻女子被神隐的事件，因为是近代的事情，所以很多人都知晓得很详细。情况是这样的：此村一村民的女儿遭遇神隐，家人久寻未果，就在大家以为她死了准备放弃找寻的时候，她却突然出现了。那是一个晴朗的午后，有人看一个疯疯癫癫的女子站在晾晒水稻架子下的阴影里，仔细一看，竟然是那失踪的女子。女子发现有人看她，便立刻跑开了，从那以后再也没出现过。《远野物语》[①]中也记载有类似的故事。相传在鳟泽郡松崎村寒户这个地方住着一户人家。有一天，这户人家的女儿脱下鞋子，整齐地摆放在梨树下后，便失踪了。三十年后的一天，这家人的亲戚在寒户聚会时，一个白发苍苍、满脸皱纹的老婆婆突然出现了，众人仔细辨认一番，发现老婆婆竟然是当年失踪的少女。问其归来缘由，她说实在太想念大家了。没过多久她就向大家话别，突然又不见了踪影。听说那日神隐女子归来时曾大风四起，因此之后每逢寒风呼啸

①《远野物语》：流传于日本岩手县远野乡的民间传说故事集。讲述者为远野人佐佐木喜善，由柳田国男亲笔记录。初版于明治四十三年（1910）问世，堪称日本民俗学的开山之作。

的秋日，远野乡的人就会说，今天寒户婆婆要回来了。

三户郡的楷引村也流传有类似故事。听说以前每逢大风四起的日子，村民们就会说，今天传三郎的女儿要回来了。不知此事真伪如何，即便是真人真事，因为年代久远，时至今日差不多只能属故事范畴了。此类事件一般都有一定的模式：往往是一家人聚在一起庆祝传统节日或做法事时，外面会大风四起。可以说，这般巧合的设置在某种程度上已具备了几分灵力。在釜石地区，板泽氏[①]这样的名门望族也发生过与上述故事极其相近的事件。人们相信以往失踪的女子在每年特定的日子都会回来，只是大家都看不见罢了。他们会在大门口放置一个盛满水的水盆和一双新木屐，那木屐和地板总是不知何时就被弄湿了。据说被神隐的不是这家的女儿，而是这家新迎娶的媳妇。精确的记忆在家族中代代相传，后来不知从何时起，这位失踪的女子还有了“不减院量外保寿居士”这样的法号，被供奉了起来。以前人们的信仰都是以家族信仰为中心的，虽然未仔细研究就妄下断论是不可取的，但是我还是认为，如此对待神隐恐怕也是以往人们的一种态度。即使痛失爱女，心如刀绞，但还是会通过此事件彰显家族血脉

---

①板泽氏：釜石地区的名门望族。代表人物如板泽武雄，日本近代著名的历史学家，原东京帝国大学、法政大学教授。

的高贵和纯洁，以此来巩固统一的家族信仰。

伊豆县田方郡的田中村也发生过这样的故事。相传两百多年前的宝永年间，田中村住着一个名叫总兵卫的农民，他有一个十七岁的女儿，唤作小初。有一天，小初突然离家出走，自此下落不明。但在其母三十三周年忌日时，她突然回来了，站在自家门口。邻居们发现了她，主动跟她打招呼，但她并没有应答，而是迅速跑开了，之后去往何处，无人知晓。后来，听说那些去天成山砍柴或伐木的人经常看见她。她仍是十七岁时的模样，以树叶遮体，跟她打招呼，她从不应答，而是迅速跑开。这个故事记载在《檠游余录》[1]的第三卷，宽政四年(1792)的纪行中。

在甲州，像逸见筋尾村的孙左卫门[2]那样，进入金御岳山后成仙的人也不在少数。东河内领[3]的三泽村也有医生去常檠山采药再未归来的故事。据说时至今日，仍有人在山谷中

①《檠游余录》：是一本游记，作者吉田桃树。成书时间在宽政年间(1789—1800)。

②孙左卫门：甲州国逸见筋尾村一樵夫，进山后就失去踪影。数年之后，有人见其在山中游玩，已无法与人言谈，外形也发生了很大变化，因此大家都说他已经成仙了。

③东河内领：富士川东岸地区。

看到过他们的身影。当地人将他们称为山男[1]。他们住过的村子、他们的家族会一直将他们的故事口口相传下去，也许这样的事情让人们对命运的无常更有感触了吧。

十五　坚信失踪者仍活着

坚信失踪者仍活着的想法只是缘于至亲心中的感情羁绊，但以前的人们并不能意识到这一点。妇女儿童怎会独自前往深山？可事实上他们的确是去了，而且一去不回。因此人们自然会揣测他们定是受了他人的引诱。考虑到有关山中生活的记录不够完整，以及大多数住在平原的人极度缺乏应有的常识，人们有这样的猜测也不足为奇。况且，我们也的确无法断言过去诱人进山的掠夺者是绝对不存在的。然而，这一切毕竟只是猜想，是貌似有些根据的推测罢了。这些所谓依据均源于畏惧而生的迷信思想，以及由此产生的种种谬论。

对上述问题的解释，因时代的变化而变化。例如近世以后，盛行天狗掠人说，其中少年儿童被掠走的故事尤其多。中

①山男：传说中经常出没于山中的怪人。裸体、多毛，多为白发老人模样，身躯高大有力，但一般不太加害于人，性格温和，多怀报恩之念。有些学者认为山男多指确实存在的异民族，或遁世的野人、仙人。

世以前流行的则是鹰掠人说，比较著名的有东大寺[①]的良辨僧正[②]被鹰掠走的故事。在鹰掠人的故事中，也有极少数被掠者受鹰恩惠，长大成人，重回父母身边的故事，在《今昔物语》[③]等书中记载着诸多此类故事。中世以来，还流行过鬼掠人说。

镰仓[④]初期是一个变化的节点。这个时期武士实力大增，社会动荡不安，继而天狗掠人说便取代了鬼掠人说，这多少也能反映出当时的社会状况。天狗的属性会随时代变迁而产生显著变化，根本不能以今推古。鬼的属性也同样具有一定的地方特色和时代特色。例如平安时代初期在原业平[⑤]的故事中，鬼吃人时都是一口吞下的。到了平安中期，大江的山

---

①东大寺：日本华严宗大本山，又称为大华严寺、金光明四天王护国寺等。位于平城京(今奈良)东，南都七大寺之一。

②良辨僧正：日本华严宗的第二代祖。良辨受到圣武天皇的崇信，住在金钟寺。东大寺建成后任该寺别当，后任僧正。据说他还是婴儿时，母亲在田里做农活，一不注意儿子便被雕叼走，挂到了奈良二月堂前的杉树上。经过义渊的帮助才得救，因此从小就出家为僧，一直住在东大寺的前身金钟寺。直到30年后，才与在全国到处寻找儿子的母亲再度相遇。

③《今昔物语》：日本平安朝末期的民间传说故事集，内容包括佛教故事与世俗故事。因每卷开头皆有“今昔”二字，故书名《今昔物语》。

④镰仓：日本历史中以镰仓为全国政治中心的武家政权时代。

⑤在原业平：平安时期著名的歌人。阿保亲王之第五子，其人才华横溢，风流倜傥，居“六歌仙”之首，也为“三十六歌仙”之一，所咏恋歌为多。相传与当时皇后二条私奔时，二条被鬼一口吃掉。

中恶妖酒吞童子[①]则是去都城抓美女回山，陪他饮酒作乐，给人留下无限的遐想空间。传说里，天狗一般都是僧人扮相，绝不会对女性出手。于是人们为了解释频发的离奇失踪事件，便编造出了一些山贼头目之类的恶人角色。实际上，超越当时的小说、绘卷以及《御伽草子》[②]的相关描述，探求更为准确的事件真相是不可能的。

不论何种情况下，仍坚信失踪的亲人活在某个角落，一直等待着重逢的时机，从伤别离的人之常情来看，这样的期许并不难理解，但这并非全是人心向之所致，而是源于现实中确实流传着许多人被神隐后，时隔数年悄然重归的故事。也有很多偶遇失踪者的传闻。仅仅只是在深山中偶遇失踪女子的一个流言，就会引出各种与之相关的传闻故事。虽然失踪事件发生在自己完全不知的陌生之地，且与自己故乡被神隐的人毫无关系，但这些传闻会让人产生推测，相信那些被神隐的人仍存活在另一个远离人世的凄凉世界。这推测不知给予了失踪者的亲人多大的安慰，因此反过来看，这种推测也可以用来

---

①酒吞童子：也叫作酒天童子、朱点童子等，日本传说中的鬼族首领，居住在丹波国大江山。因嗜酒被称为酒吞。

②《御伽草子》：日本室町时代的大众文学作品。作品多取材于民间故事，作者包括僧侣、隐士等。《一寸法师》为《御伽草子》中最著名的故事之一。

解释为何这么多不可思议的故事会一直存在，精神失常的人为何会跑向深山。

从前有很多人欲收集自古以来有关天狗的文献进行研究，然而这无疑是一场令人失望的劳作。因为收集到的资料越多，说法就越庞杂，除天狗的名称外，很难找到其他的相同点，研究的范围也会变得越来越模糊。就拿天狗的相貌来说吧，现在的人肯定会提到高高的鼻子，这种说法最初源于狩野古法眼[①]的梦境，但与中古时代身穿红色朝服、手持羽扇的天狗形象却相去甚远。此外还有另一种天狗的形象，它长着一只尖嘴，没有鼻子，只有两个鼻孔。同为天狗，一个长得像人，一个却像长了手脚的乌鸦。对于这种匪夷所思的现象，人们仅仅解释说是因为天狗可以随意改变外形，而根本未探究其深层缘由。

下面我们再来看看在行事做派上，从古至今天狗有什么未变的特点吧。中世的天狗行事风格有点儿像狐妖，会突然出现并附于人身；或者说有点儿像被行蛊术之人所供奉、常施恶于人的近世犬神。但这种负面形象现已绝迹，并未流传下来。此外还有一种说法，认为那些善要小聪明、爱逞口舌之

---

①狩野古法眼：即狩野元信，日本室町后期的画家。狩野派第二世，为狩野派始祖正信之长男，后世称其为“古法眼”。

快、骄傲自满的僧人会被活生生强拉落入天狗道[1]。平田先生尤为钟情此类天狗故事,认同佛家的言论。如此这般,近世天狗自负的属性似乎被彻底遗忘了,甚至还有了天狗惩戒人类骄傲自满的故事出现。将天狗作为自负代名词的谚语也失去了其依据。这一切都是因为不同时代、不同地区,叫法相同的事物在不知不觉中发生变化的缘故。对此情况,学者们多是闭门造车,书籍反而成了扰乱人们认识的罪魁祸首。“天狗”这种叫法最初源于佛教,可是它各种古怪离奇的特点却始于更早之前,事物发展并未按常理出牌,于是才有了各种各样令学者们匪夷所思的奇异现象。佛教色彩的天狗是如何变身为山岳信仰中的狗宾的呢?至今原因未明。狗宾称呼也因地域不同有所不同,有些地方把狗宾又称作山神,有些地方则称其为“大人”“山人”,将其与山男归为一类。狗宾的形象已不再是黑帽麻衣的修验道行者,即便其护法称号源于名山宝刹,它们对佛教的信仰之心已不像寺院僧侣和普通信众那般坚定了。那些无拘无束地生活在森林里的狗宾就更不用说了,丝毫没有僧侣之气,它们力大无穷,情绪极易波动,喜欢清静,厌恶嘈杂的世俗世界。善用隐身术报恩或复仇,令人猝不

①天狗道:天狗住的地方。不属于佛教所说六道(天道、阿修罗道、人道、畜生道、饿鬼道、地狱道)。

及防,因此人们对其充满了敬畏之情。这一点和日本固有的山野之神很是相似。名字,说到底只不过是外在形表之物而已,我们的精神世界受之影响的大小,通过以下故事可窥其一二。各地的乡村流传着很多关于“觉”[①]的故事,“觉”是一个会读心术的山中妖怪,人们对它总能言中人类心思畏之不已。相传有一次“觉”和桶匠、剥杉树皮的工匠聊天时,被工匠手中无意间滑落的杉树皮或竹尖儿之类的东西突然击中,于是它大喊着“人这种东西根本猜不透,千万大意不得”,便逃之夭夭,从此反倒对人类敬而远之。四国等地流传着的则是以树叶为衣的山爷[②]的故事,和“觉”的故事十分相似;在日本中部,故事的主角变成了天狗,被桶匠的竹子击中的则是天狗那高高的鼻子。各地虽说法各异,但情节却大致相同。此外,说到鬼的模样,现在的人一般会认为都是头上长角、身披虎皮、居于地狱、惩戒亡灵的形象。其实从古至今,鬼的形象也是千变万化的,“鬼”的汉字写法也对鬼的理解或多或少造成了一定的干扰。通过对各地山中鬼的遗迹以及大量的相关传说故事的研究,我们可以发现至少在某个时代,天狗这类妖怪的所作所为也被纳入了鬼的名下。总之,人类的畏惧之心都是有

①觉:日本妖怪之一。居于深山,能看透人心。

②山爷:又称山父,日本四国地区的妖怪之一。身长一米左右,居于深山之中,一只眼睛非常大,一只眼睛非常小,牙齿特别锋利。

现实基础的,绝不仅是因名称凭空生出的。

对失踪者的生死判定是一个非常严肃的问题。也许有人会说,反正都已不在了,生死有何不同?话真的不能这样说。因为于血亲而言,应对这两种结果的方式是完全不同的。若人尚存于世,就必须救之,即便当下找寻不到,但机会仍在。若人已逝去,变成了自由的亡灵,那么或许他就会飘到自家附近。这些亡灵若不能得到及时抚慰,是极度危险的,他们甚至会因过度寂寞而引诱昔日的亲朋好友,也会无缘无故地发怒胡闹。为了预防这种情况,很早以前佛教就对此做了细致的研究。但预防方法却极为复杂,未弄清状况下误施于生者,危害难以估量。因此,即使不是出自爱惜之情,尽早弄清楚失踪者的生死问题也是非常有必要的。

安徒生在《月的物语》第一章中写道,夜深人静,一印度少女来到溪边,将一盏河灯轻放于溪水中,占卜自己心爱的男子是否还活着。当占卜结果显示男子还活着时,女子便兴奋地叫道:“太好了,他还活着。”同样,向来轻视生死的东洋人在这个问题上,也表现得格外执着。各种丧葬仪式格外隆重,旅途离别的哀歌里也多伴随着此种漂泊无依的情绪,人们重视梦境的原因也与此有关。辞世之前无论如何都要与亲人见上一面,似乎已经成为一种无言的约定。为了实现这无言的约定,留下遗言这种习俗渐渐流行了起来。因为神隐现象令人突陷混沌之中,完全违背了人们事先做好的所有预设,因此人们结合前人的经验,将神隐前后发生的事细细思量之后,往好处做出推测,也是情理之中的事。

十六　深山婚怪

常有传说流传甚广,而信者极少。今有怪事一则,是我十七八年前于陆中南部记之。因个人感觉与研究相关,故在此再次忆之。

某日,一位农家之女上山打栗,自此音信杳无。其父母遍寻不见,绝望放弃,以枕代而葬之。过了两三年,同村的猎人于五叶山半山腰大石背处偶遇了这个女孩,两人惊愕不已。据女孩所言,那天,她在山中被一凶神恶煞之男掠走,如今已与他同居数年,逃脱不得。今日不知因何事至于此,不敢与猎人多说便匆匆辞别。

猎人询问那人的相貌。女孩说:“与常人无异,但不知旁人何以认为。只觉得他眼睛的颜色令人惧怕,且身材魁梧于常人。偶尔可以看见他们同类四五人聚此议事。带回来的食物,不知是不是在市集上买的。之前和他生有几个孩子,都说长得不像他,不是他的儿子,带出不知是弃还是杀。”

女孩对猎人说:“今天你我的交谈若要被人看见,必引祸端。你快回去吧。”猎人执意要带女孩回家,紧紧地拉住她的手往山下狂奔。将近村舍,想休憩喘息片刻,谁料那凶神恶煞、身材高大之男倏忽而至,一把夺回女孩,狂奔回深山里去了。此事大概发生在明治维新前后,听说女孩的父亲尚存人世,有名有姓,故事真实无疑。(据佐佐木所言)

此类繁复又条理清晰之事,既非普通猎人可以编造,亦非人之幻觉。然而终无凭证以佐之,甚为遗憾。居于五叶山山麓的村民至今对此深信不疑,每将见忘于人,复又有类似故事传来,周而复始,直至今日。

在我看来,此事有一点不容忽视。居于深山的男子谙知娶妻之事,却疑心重重,竟至不认其子。其为人焉?却貌似相距我们甚远;其为神焉?却好像又离我们太近。然而,山中农民却听之信之,认定其绝非空想之物。不论此类认识正确与否,能引发人推之论之,必有缘由。作为现代人,我们不能因为怀疑就否定这根深蒂固的迷信民俗。

从前,在三河宝饭郡[①]的农庄有一个被狐狸附体的人,其言之谬远高于狐。他说:"我将带一女孩入山做我的妻子。"无人信之。不久,果真有一女孩失踪。众人四处找寻,果然在他所言山穴中找到了这个女孩,从女孩口中知道了事情的原

①三河宝饭郡:三河为日本旧国名之一,今爱知县东部。宝饭郡为爱知县东部,三河地区的郡。已于 2010 年 2 月 1 日因无管辖町村而废除。

委。因其言已失传，真相也不得而知。女子为躲避谣言嫁往深山，或为一种婚姻习俗。愈不合理愈要追其究竟，对于做学问而言，这也正是价值所在。

之前谈及猴子上门为婿一事，有幸女子终得归家，而有厄运女子被掠夺后便销声匿迹。在龙蛇为婿的故事中，女子多不得归。不管是人还是神都会喜欢头发乌黑、眉眼清秀的女孩子，于是逢妙龄女子神秘失踪，山民便用神力来试图说服大家。故山男掠夺女子的传说，亦未必为实。

世人皆知美女与野兽的故事，欲速解其谜反流于武断。研习至今，我也未敢贸然解之。近世之后，类此传说频现，人们试图用新的实例来维系上述传言，这一点值得关注。

民间认为女子被掠皆因被神灵事先选中，或者说是“被盯上”了。比如伊豆三宅岛就流传着有女子被马神选中的故事，此类纯朴的民间传说在各地都有。故女子自出生起，要么被这种离奇宿命所缠，要么受命于父母媒妁之言，皆不得不从之运命。不过，近年来我听到的女子被掠的故事则纯属偶发事件，在此仅将其归入传说之类。我搜集到的以上若干资料令那些好事者凭空想象添油加醋的过度解读都不攻自破了。

十七 鬼之子诞于村落

因为生下的孩子长得和父母不像,就被认定不是亲生的,常有母亲为此遭受无端的猜疑。像这种头脑简单的想法绝不是五叶山的村民独有的,即便是平和普通的村落,至今依然流传着类似“不像父母的孩子即为鬼之子”的谚语,甚至佐证这些谚语的事件也时常发生。

江户初期所著《徒然慰草》卷三记载:“日本有一个愚昧的风俗。认为凡是一出生就长着牙的孩子,必为鬼之子,须立即杀之。”追溯到更久远的平安后期所著的《东山往来》,书中也有相关书信记载。家中的女人生下一个长着牙齿的婴儿,四周邻里都说这孩子一定是鬼之子,劝家人将之埋于山野。来信与作者商量到底应该怎样处理,回信答曰最好送孩子出家。往来书信中多见类似描述,可以看出此等异常事件在当时层出不穷。

人,终究是一种无法摆脱平庸的生物。人们听到古代英雄伟人的传奇经历,不管传得多么神乎其神都能轻易接受,可一旦涉及自家的生活,则容不下丝毫异常状况。即便在近世,生下长着牙齿的相貌异常的孩子,人们多半还是会惊慌失色,并立即将孩子杀掉。这样做或许的确可以将酒吞童子、茨木童子[1]这类恶魔斩草除根，但也令诸如道场法师[2]和武藏坊弁庆[3]这样身怀绝技超群勇武的英雄无法再现人间。这也是太平盛世的一大弊端呀。

关于胎儿发育的相关生理学现象，有许多至今无法解释的神秘法则。此类奇异现象背后甚至还蕴含着某些时代性、地域性倾向。比如说，害怕鬼怪的地方往往鬼怪频繁出没，畏惧天狗的地方常有孩子被天狗掠走。同样的道理，从心底里相信并恐惧魔物的威力，甚至担心自己幸福和平的日常生活也会被魔物操控的村落中，偏偏多有长牙长角的婴儿诞生。

说到鬼之子的传说，那就不得不提到一则发生于明应七年的令人惊悚的事件。《奇异杂谈集》[4]中详细记载了这段故事。《玄同放言》[5]三卷下引用了全文，完整地记录了这段传闻。我在这里只提及概要：

一户人家的女主人曾三次诞下怪胎，第四次生下的竟是鬼之子。鬼之子一出生，身长便如同三岁小儿，落地能奔跑。其父见状赶忙追上，用腿夹住孩子仔细观察。只见鬼之子面

---

①茨木童子：日本传说中的知名妖怪，酒吞童子的部下。

②道场法师：《日本灵异记》中的人物，力大无穷，曾退治恶鬼。

③武藏坊弁庆（1155—1189）：平安时代末期僧兵，源义经的家臣。

④《奇异杂谈集》：说话集、奇谈集，江户时代贞享四年（1687）出版，作者不详。

⑤《玄同放言》：江户后期的随笔。泷泽马琴著。

色朱红，额头正中还长了一只眼，嘴阔至耳旁，口中上下各长两颗牙。父亲惊讶不已，令长子去取木槌。鬼之子一听，便张口咬住父亲的手，于是长子连忙用木槌敲死了鬼之子。邻人纷纷前来围观。鬼之子的尸体被深埋于西大路真如堂南侧的山崖下。第二天，有三个不知情的村民在山崖边架梯爬到崖下。他们发现崖边有个小土堆，以为里面有鼹鼠，便用杖刺了几下。不承想那鬼之子突然从土堆中钻了出来。三人大惊，方知这就是传闻中那个狮子谷的鬼之子，担心不赶紧杀掉的话会惹上麻烦，于是挥舞木杖拼命拍打，终于打死了鬼之子。之后三人用绳子捆住尸体，一路将其拖至京都。沿途众人投石砸尸，但鬼之子皮糙肉厚，尸身竟然完全没有损伤。

故事听起来残忍至极。栖安轩琳公说他小时候曾在常乐寺修行，任喝食[1]一职，当时就目睹了村民打死鬼之子的全过程。这是距事件发生九十年后的相关记述。

我们不知道父母为什么急于杀死长牙的婴儿。是为了家族的声誉，还是为此感到耻辱？这似乎都不合情理。他们不仅没有杀之以清誉正身的愿望，甚至很少有秘而不宣悄悄了事的。若是问他们让鬼之子活下来有何不行？他们也答不出

①喝食：又称“喝食行者”，指在寺院中通知僧人用餐，并告知其食用种类及方法，以及从事这种工作的人。

个所以然。毕竟被世人公认的残忍凶暴的化身——酒吞童子以及他亦手下亦兄弟的茨木童子，他们似乎也只对陌生人十分残暴。调查一下他们的家庭生活，我们甚至还有一些意外收获。据《越后名寄》[①]卷三十三《其他》记载：酒吞童子的故乡位于西蒲原郡的砂子冢，也有位于西川樱树林的说法，不过后来他搬到了附近的和纳村。童子住过的房子至今仍完好地保留在和纳村，屋旁长着朴树，还有一块名为童子田的水田。童子乳名外道丸，是当地出名的美少年。他的父亲名为否濑善次兵卫俊兼，相传童子是他父亲前往户隐山九头龙权现求子后得的，怀胎十六个月后才出生。这恐怕是童子给父母添的唯一麻烦。童子曾在和纳的楞严寺读书习字，后来又在国上寺当侍童。在此期间，他一直都是一个品行端正的少年。茨木童子是茨木善次右卫门家族之后，传说故乡位于摄津，另一种说法是位于越后，今古志郡荷顷村大字轻井泽，这里至今仍留存着一些关于童子的遗迹。据说童子家的背后有一间岩石屋，童子曾经在此居住过，现屋子已倒塌，有一汪泉水流经此处，水流下游地带有一块约三十平方米的空地。当地人将这里视作童子的出生地，永不在此耕作。由此可见，人们没有把他们当作是大恶人，否则也不可能有以上种种对他们的缅

①《越后名寄》：江户时期的史料，传说集。丸山元纯著。

怀之物了吧。

茨木童子的血统在摄州川边郡东富松的部落中已然根绝，但那段更为惊心动魄的故事却代代相传。《摄阳群谈》[①]卷十记载，茨木童子刚一出生就长着牙齿和头发，双目放光，气势更胜成人。族人感到十分恐惧，便将他弃于荆棘旁，后被丹波[②]千丈岳的强盗酒吞童子捡了回去。长大成人后，茨木童子也当了强盗。日后茨木童子在远方通过法术感知自己的父母患了重病，卧床不起，便焦急地赶回去探病。途中曾留宿于京都的东寺附近，为了不让别人看到自己恐怖的样貌，只得速去速回。父母看到童子归来，十分开心，拿出团子给他吃。这段情节和寒户婆婆的传说十分相似。为纪念此事，每年童子归来的这一天，村中便会举办团子祭。童子所穿行的那条田蒲路上，至今仍留存着一座名为安东寺的寺庙。

战乱期间，即便是思想极其保守的人有时也会萌发抚养一个鬼之子的念头。鬼之子降生在和平年代的普通人家实在是太屈才了。肥后的川上彦斋的传记令我产生了这样的认识，尤其在得知了大鸟一兵卫这位江户幕府初期被处刑的浪人的故事后，这种想法愈发明确。大鸟一兵卫若是早出生四

①《摄阳群谈》：江户时期摄津国的地理志。冈田溪至著。

②丹波：今京都府中部，兵库县东北部，大阪府北部。

五十年的话，或许都能成为大名将军。《庆长见闻集》[1]卷六记载了一兵卫传奇的一生。一兵卫的故乡位于武州[2]的大鸟。一兵卫的母亲膝下无子，悲伤之余来到当地十分灵验的十王殿日夜祈祷。于第十八日拂晓之时得神灵托梦，怀胎十八个月后诞下一兵卫。孩子一出生，便身形魁梧，面色朱红，长着门牙和头发，生有三足，落地便可行走。众人见状极为惊恐，认为此子是恶鬼之子，要将其杀死。母亲对众人道："这个孩子是向十王求来的，面相自然异于常人。我们干脆给他取名十王丸，将其留下助我们一臂之力吧。"在众多神佛之中选择阎王求子的习俗未能传至近代，究其原因，我想大概是因为这种特殊的习俗中蕴含了某种与战国这个时代背景相吻合的愿望吧。即便并非如此，阎王在人们的心目中绝不是那种会给信徒添麻烦的好事之神，这一点还是应该获得了一般认同的。这件乡间流传的故事发生的年代要远远晚于京都及其附近的村落将长牙的婴儿打死的事件。

内田邦彦所著《南总之俚俗》一书中记载了东上总[3]的本纳一带的习俗。在当地，若是诞下鬼之子，便会将其供奉于岁神前用棍子拍打，称"岁神棒"。还有一个习俗与之非常相

①《庆长见闻集》：江户初期随笔。三浦茂正著。
②武州：即武藏国，今东京都、埼玉县、神奈川县一带。
③东上总：日本地名，位于千叶县。

似:婴儿在出生一年内便能下地行走的话,父母会捣一枚很大的年糕让他背着。若他还能走路,便将其推倒。这个习俗现代仍广为流传。虽说鬼之子一出生就长着牙齿,但时代已不允许仅为此就杀死孩子,所以人们才想到用此类方法来替代。其实,岁神棒的习俗中还隐藏着一层不得不令人深思的含义:人们觉得普通人家迎来如此不平凡的孩子,实在是折煞了英才。将孩子奉于岁神前拍打,也有将孩子交付神灵来看管的含义。

总之,这些令常人畏惧甚至不惜杀之的鬼之子的异常特质,与上古时期的英杰、勇士、名僧等受人景仰而流芳百世的“吉兆”是一致的。用常识来判断的话,这些奇怪的特征正是古人身上所具有的长处。所以说,我们不能武断地认为,凡是这样野蛮的习俗都是从古代流传下来的。人类畸形的种类包括肢体残缺和生长过度。将彪形大汉也归于畸形一类,这不得不说是锁国时期百姓们特有的一种畏惧,可悲可怜。诸如虾夷[1]的沙牟奢允和赀吉诺谒、南部小岛的赤蜂本瓦和与那国[2]的鬼虎,这些身材魁梧的人大都不得善终,以此为戒,普通人家自然对这样的孩子也十分忌讳。这也是新国家主义带

①虾夷:北海道的古称,位于日本列岛东部。
②与那国:位于琉球群岛的八重山群岛中。

来的负面影响。在那个部族对立、战火纷飞的年代，鬼之子却被人们看作“神子”。从古代诸国的古坟中挖出不知名的八掬胫[①]和长髄彦[②]的骨头，如今人们依然会纷纷传颂，十分崇信。

冲绳的《遗老说传》[③]中记载了这样一段故事：很久以前，宫古岛川满村有一位名为天仁屋大司的女神，寄居于村东的宫森中。女神嫁给了目利真按司，并生下三男一女。丈夫死后，女神独自将孩子们养大。其女真嘉那志十三岁那年忽然怀胎，十三个月后诞下一名男婴。婴儿头上长着一对角，双目似悬铃，手足如苍鹰，相貌不似凡人。由此，取名为目利真角嘉和良。孩子十四岁时，随外祖母天仁屋与母亲真嘉那志驾白云升天。随后数年，屡次显灵于目利真山。村人将此山奉为神岳。“司”这个字在日语中音同“巫女”，可表巫女之意，也常出现于神的名字中。目利真角嘉和良这个名字中的“嘉和良”与冲绳的“按司”均有“头领”的含义。将“角”字用于先岛诸神的名字中的例子并不少见。鬼之子又被神隐之事被

①八掬胫：日本古代文献中有“国栖”一族，族人手脚如蜘蛛般细长，所以也被称作“八掬胫”。

②长髄彦：古代日本关东的豪族，身材异于常人，与八掬胫一样由身体特征命名。

③《遗老说传》：收录了琉球各地古老传说、自然异变、百姓言行的著作。

官方记录并流传至今,如此礼遇恐怕只有这座岛上才有。以此至少我们可以得知,杀害鬼之子的现象,并不是从古代流传下来的传统风俗。

十八　科学尚未能解释的神奇现象

虽然“某郡某村某人”的说法有不真实的感觉,不过作为一个固有名词,它的确已经广为使用。在此,我也借用一下这个词。相传三十多年前,爱媛县北部某个山村中有一位年轻妇人难产,当时她的腹中传出一个声音:“我是鬼之子。你们若是不杀我,我便立即出去。但凡有一丝杀念,我决不出去。”家人们觉得鬼之子的降生有辱家名,可是又不能让他这么一直待在肚子里。商议后决定先哄骗鬼之子降生,待他落地即刻杀死于产房。最终这个长着两寸长角的鬼之子诞生的秘密还是被一位远房亲戚知道了,后来她将此事告诉了别人,别人又告诉了我。女人们为什么会怀上如此骇人的东西?那个村子周边地区产下鬼之子的事例并不少见,人们至今对此费解不已。据说邻近的某村某户人家曾在山中捡到了山姥的麻线球。山姥做的麻线球自然与人类的不同,是取之不尽用之不竭的宝物。这户人家捡到这么一个取用不尽的宝藏,自然很快就富了起来,可是作为代价,却迎来了一位鬼之子的降生。

大隅海上的屋久岛，坐拥九州第一高峰，至今仍能感受到这座高峰的震慑力。据《三国名胜图会》[1]记载，岛上常有妇人诞下鬼之子："妇人进入山中，多半会陷入昏睡。若梦到异人，必怀孕。生产过程如常人一般，产后元气大伤，但不会危及生命。产下的孩子必定长牙，且落地后便能奔跑，由此称之为鬼之子。"对待降生的鬼之子，人们一般会将柳条塞入其口，在树上挂一夜。若是普通婴儿当然活不下来，而鬼之子则会消失得不见踪影。人们认为这多半是孩子的父亲将其带走抚养了，这种想法与之前想杀死鬼之子的做法之间有很大的差异。总之，这也被看作是一种神隐。

日向南部米良山中有一个神奇的地方，山中劳作的女人一到此处就会立即陷入昏睡，之后这些女人往往会怀孕。有人认为这是蛇妖的作为。就在几年前的一个春天，某人的妻子进山采蕨菜时就发生了这种事。她担心自己怀上的是蛇的孩子，生产之前一直分外忧虑。这就类似于古籍中所记载的踩上巨人的足迹或是吃下玄鸟蛋就会怀孕的故事。诸如"气质高贵的年轻人深夜来访预示着怀孕"之类的故事中，总是有一些吉兆。丹涂箭的传说讲的就是一位女子在溪边盥洗

---

①《三国名胜图会》：江户后期编撰，记载了萨摩国、大隅国、日向国的地志与名胜。

时,看到水面上漂着一支华贵的红箭,便捡了回去,放在床边,不久便怀了孕。这类异象在古时候往往会被理解为即将成为母亲的征兆,我们可以从中感到昔日人们对此心怀感动之情。然而,随着信仰心的逐渐消失,人们对于这些吉兆仅剩畏惧之情,对由此生下的孩子也毫不珍惜。有人主张将大和的三轮山神话与丰后的尾形氏[①]古老传说归为同一个神话系统,可是两者之间差异迥然,不管怎么说毕竟后者中的蛇神谦逊有礼,沉入岩洞的水底后便永不出现;而三轮山神话的诸多版本中,有的蛇神被铁针所伤丧命,有的连人类在洞口偷听都没有察觉到,泄露了煎服艾蒿与菖蒲叶便可以打掉蛇胎的秘密。像姥岳大太童那样多子多福的例子现在已经很少能再寻见。《作阳志》[②]中记载,美作国苫田郡越畑的大平山中有一种名为牛鬼的怪物。宽永年间,有位村民的女儿年方二十,某天晚上,恍惚间遇到一名男子,一见倾心。男子自称是铁山的官吏。之后,女子怀孕,生下的孩子长着两颗獠牙,生有角和尾巴,望之俨然牛鬼。女子的父母盛怒之下将孩子杀死,插在铁棍上,暴尸于路旁。村人们以此为驱邪之法,逐渐怠慢了曾经诚心供奉的神明,以至最终与之决裂,不知不觉中甚至将其与

---

①尾形氏:即绪方惟荣及其祖先一系,传说其先祖为人类女子与蛇神所生。

②《作阳志》:江户年间的地志。长尾胜明著。

妖怪混为一谈。此后,人们相信铁这种金属拥有强大的破坏力,屋久岛等地更是对铁匠世家分外崇敬。若是谁家有人莫名怀上孩子,便会向铁匠讨来铁渣,和柳叶一起煎服。

在山中捡到山姥的麻线球,就会拥有无尽的财富。作为代价,将会迎来鬼之子的降生。这段传说中还有更深一层的含义。山姥是诸多神童的母亲,同时又是一位多福之主。由此各地的诸多传说皆源于山姥。然而山姥似乎并没有出手干预以至令人类女子怀上长角孩子的理由。据我推测,不可思议的麻线球原本就是伴随奇异孩子左右的、神授予人类的宝物,只不过人类忘记了这一切,所以才演变为对山姥之物的现今这种说法。

有一种常出现在路旁名为“产女”的怪物,佐证了我的猜想。产女与中国古代传说中名为“姑获”[①]的鸟类极为相似,都是由难产而死的妇人的怨魂幻化而成。古人们断定产女是专门加害孩子的。可是这种说法无法解释其最大的特点,即她会不时授予少数中意的人以巨大的幸福。所以,产女与姑获鸟这类怪禽并不完全相同。产女常于深夜抱着婴儿现身于路旁,唤住过往的行人,要求对方帮自己抱孩子。若是路人被

①姑获:中国传说中的妖怪,传说为产妇死后所化的一种怪鸟,有时以九头的样子现形。

吓跑，也就不会有接下来的故事了。所幸总是有勇士答应下来，接过孩子后，居然发觉孩子越来越沉，手臂都要压断了。自此开始故事分为两个版本：第一种版本是勇士仔细一看，发现自己抱着的其实是一尊石质地藏菩萨像。第二种版本是勇士是一位高僧，产女是幽灵，高僧吟诵经文，超度了产女。无论哪个版本，只要满足了产女的愿望，产女便会万分感激并奉上丰厚的报酬。

佐佐木君的《东奥异闻》中写道，若勇士非佛教中人，产女便会赠予一袋黄金，甚至无尽的财宝，有时也会赐予其百十人的神力。《今昔物语》之后的众多案例中，不仅仅是产女，许多出现在路旁的神明都是女性。她们性格阴晴不定，遇到她们的人，有的会获得好运，而有的甚至会面临生命危险。从后世的宗教观来看，这便是人生无常，由此渐生畏惧之情。但是，在更古老的时代，人们确信正是由于前世的因缘，今生才会被神明选中，所以这些神明还是值得去向其祈祷的。也就是说，神授予的孩子，都是十分优秀的孩子，并非只赐予膝下无子的人。而且，在古代社会，即便遭遇山姥的境遇，还是有许多人想要拥有金太郎那样的孩子。只不过，现代人已经忘记了这些。

十九　山神多为女子

人之妻为何又会被称为“山神”？有人认为，这是出自《伊吕波歌》[1]中“今日渡此无常之山”（うゐのおくやま けふこえて）一句。其中，“妻子”（おく）在“山”（やま）之上，所以为“山神”。类似这样荒唐的解释并不少见。另一种说法是因为里神乐[2]中山神是手持勺子起舞的。这个解释看起来有一定道理，却有些因果颠倒的嫌疑。山神为什么要手持勺子这种人类主妇的必备品起舞？这是我们首先要解决的问题。的确，勺子是山中的产物，民间确有山神最虔诚的信徒制作勺子分发给山下百姓的习俗。但是，山神显然不会仅仅因为这种理由就自己也看重勺子，还在各地神社中将勺子赐予信徒。岐阜县的某地有一种风俗，人们将长六七尺的衣物献给山神，并称之为“山神的产衣”。那么现在又是什么情况呢？据说反过来了，现在有的神社会授予信徒巨大的山勺子，以保佑孩子平安成长。现今勺子也多用作为孩子祈求平安的道具，越前汤尾峠的“孙勺子”就是一个典型的例子。山与女性或者说山与生育，这两种信仰乍一看没有什么关联，可是，

---

①《伊吕波歌》：日本平安时代著，包含了日语的每一个音节。常作为排列次序的依据。

②里神乐：于民间演出的神乐。

若真没有什么媒介将两者联系起来，我们也就不会给妻子们取“山神”这样一个威风凛凛的绰号了。

山神通常居于各地的山林间，因此人们常在青山绿水旁随时进行祭祀，基本上不需要祢宜、神主[①]的指令。若山神被供奉于无格社[②]，一般会被称为大山祇命，或是木花开耶姬。极个别的也会称岩长姬，她是木花开耶姬的姐姐。

这种想方设法将神社中祭祀的神灵与“神代卷”[③]中的神灵扯上关系的现象，常见于近世神道。为神取的这些名字一般也只能表明有的地方的山神是男性，有的则是女性，而并不能由此考证出其信仰原型。不为人所知的山神的久远传说，尽管迄今已被人遗忘，但还是深深累及尊贵的大山祇神的名声。樵夫、割草人、猎人们所了解、所信奉的幻想故事大都粗鄙。只片面地解说其中这一部分的话，我会感到无法释怀。仅从人们向山神供奉产衣这点就不难看出，人们向岩长姬姐妹的祈求，不过是无根无据、仅凭个人喜好为之而已。约十八九年前，我曾在日向的市房山附近椎叶的大河内部落留宿了一夜，并有幸拜读了主人家秘传的《狩之卷》。其中一节名为

①祢宜、神主：均为神社中的职位。

②无格社：没有社格的神社，后来也可看作是社格之一。社格制度，即神社的等级制度。

③神代卷：指《日本书纪》第一、二卷

《山神祭文猎直法》，讲述了一个十分质朴的神话。有些文字难以辨认，我索性将全文抄了下来。

山神最初约有一千二百名。皆为本地药师如来。观世音菩萨座下弟子阿修罗王、紧那罗王、摩睺罗王，曾七代为日本将军。这一千二百名山神于空中浮桥降生。众山神之母名为一神君，此神生产之后接连三日腹中无食。一神君立于浮桥，恰逢大摩猎师入山。一神君道："我生产后腹中三日无食，你可否将便当分予我食用？"大摩觉得十分晦气，拒绝了一神君的请求并离去。之后，一神君又遇到了小摩猎师，请求道："我是山神之母，产后三日腹中无食，可否将你的便当分予我食用？"小摩惊讶道："哎呀，凡人生产后都会立即填饱肚子。三天未进食实在是可怜。"于是小摩接连两天将自己的便当分给一神君，并为一神君献上雪白的年糕。一神君大悦，为报答小摩，授予其许多猎物。从此以后，小摩狩猎总能收获大量的猎物。急急如律令。敬白。

此外，被广泛认同与上述传说为同一系统的还有很多。比如：1. 天神于新尝节斋戒日拜访富士和筑波两地的神，富士神拒绝了天神的留宿请求，而筑波神款待了天神。2. 武塔天神前来借宿，依据巨旦将来、苏民将来两兄弟不同的态度进行赏罚。3.弘法大师降临人间，向两位老妇讨水，恶老妇拒绝了他，于是受到了惩罚；善老妇特意跑到很远的地方舀水，得到了大师的回报。如此看来，即便山神之母的故事是日向的村民们编造出来的，其中所要传达的更深层含义也不容忽视。佐佐木君近期所著《东奥异闻》记载，陆中地区偏远的上闭伊郡和羽后北秋田郡的叉鬼[①]村中也流传着类似的故事。羽后地区的版本是，有两组分别名为八人组和十人组的叉鬼，一名即将临盆的女子分别向他们求助，其中一组大为忌讳，断然拒绝了女子；另一组的头领看出此人并非凡人，立即让女子进屋，帮助女子生产并悉心照料。陆中地区的版本中，这位帮助了女子的猎人名为万治磐司。他丝毫不介意产血的不洁，亲切地照顾女子，并帮助她生下十二个孩子。总之，无论哪个传说故事，山神给予善良的人回报，并保佑其后代生活幸福的内容都是一样的。

猎人不同于船员，他们有着各自的故乡，他们所知道的传说也很少有机会互相交流。可是，奥州和九州南部这两个相距甚远的地区，却不知从何时起流传着相似的传说，想必其中另有隐情。虽然现在追寻其原因多少有些困难，但据我所知，

①叉鬼：日本东北地方传统的冬季猎人，冬季狩猎，春夏季从事农业种植。

两种传说中相同的片断细节，同样出现在荒血山[①]的传说中。这座荒血山位于日本中部，山下是始于上古的横跨近江、越前两地的北国街道[②]。据《义经记》[③]卷七记载，源义经一行人途经荒血山，在山上停下歇脚时，弁庆给众人讲述了这座山名的由来：加贺白山的山神白山姬神与志贺的辛崎明神相恋，即将临盆的白山姬神想回到白山生子，明神便陪着她返回。然而没等赶回白山，行至荒血山时，姬神便在此诞下神子。因血溅此地便称此山作荒血山。这个小插曲与《义经记》的主线没有什么关联，想必不是作者编造的，应该是著书的足利时代中期博学之士皆知的故事。而且故事中丝毫没有任何猎人帮助神明的细节。分住两国的男女神相遇于国界处山岭中的故事，至今仍在大和与伊势、信浓与越后等各边界地带的人群中广为流传。与山野间流传的粗犷传说相比，很难搞清孰本孰末。不过，这类深山诞生传说脉络大致清晰，虽然内容很荒唐，但故事成立的可能性还是很充分的。只不过在有书面记录前，这些传说多少会受传播者自身想法的影响，所以故事轮

①荒血山：位于福井县敦贺市南部，又名荒乳山、爱发山。

②北国街道：江户时期北陆道的统称。这里指连接近江国和越前国的道路。

③《义经记》：南北朝到室町初期间所著，以源义经为中心的军记物语。

廓始终没有固定下来。

比如，净琉璃《十二草子》中的故事与上文中《义经记》的故事成形期相同，但是内容版本却不同。志贺明神的故事变成了罕见的高僧谈续篇，讲的是志贺寺一位八十三岁高僧对一位少女一见钟情的故事。少女是京极御息所①，年方十七，高僧曾三次将她的手按在自己胸前。之后，京极御息所便怀孕了。乍一听很容易与近江国手孕村的传说②混淆，不过京极御息所在荒血山中顺利地生下了孩子。这个孩子生有六张脸，十二只手，出生后立即飞升都率天③，并于日后显灵于越前敦贺地区，保佑北陆道一方平安。整个故事听起来十分荒唐。当然，本地绝没有发生过类似的事件，只是因为与其他偏远地区相比，爱发关是自古以来通往北国的要道，因此这里流传的故事影响范围更广，内容当然也更不精确。山姥的故事也同样发生了变化。相传山姥是坂田公时④的母亲，在山中将公时养大。传说中的山在此竟变成了特指相州的足柄山，

---

①京极御息所：藤原褒子。平安中期宇多上皇的宫女。

②女子若是接触到男子的手，便会怀孕，并产下一只手。

③都率天：即兜率天。欲界六欲天的第四天，为佛教弟子所向往的成佛之地。

④坂田公时：即坂田金时，源赖光麾下四天王之一。

其变化过程与上述一致。江户中期的读本《前太平记》[1]问世前，山姥的发源地并不仅限于东海畔的山中。现今信州木曾的金时山等地仍留存着传说中金时母子住过的岩洞和金时出生后洗澡的池塘。此外，山脚下的村中有块石头，上面留存着这位怪力童子的脚印。（出自《小谷口碑集》）可以说，山姥来去自如地巡游于众山林之间这种说法，更符合古时候流传下来的传闻。只是因为托“赖光四天王之一”这个名号的福，足柄地区一举成名，于是这个只显现过一次吉兆的地方被人们牢牢记住，而其他世俗之说的起源反倒销声匿迹，变得无迹可循了。

读过《卧云日件录》[2]便可得知，山姥生子的故事大约始于室町时代的京都。令人感到诧异的是，山姥一次能产下三四个恐怖的孩子。山姥生子的传说与流传于猎人间的山神生子传说是否同根同源，我们无法轻易断定，现今山姥信仰杂乱无章的情况也令我们无可奈何。近世山姥的形象，或凶残粗暴被人们称为“鬼女”，或时常现身于村落接受人类的祭拜，并赐予人类幸福，在这片土地上留下和平美好的记忆。

---

①《前太平记》：藤元元著。记载了平安中期到后期的事变、合战等，常被用作歌舞伎脚本。

②《卧云日件录》：临济宗相国寺的僧人瑞溪周凤的日记。记录了当时的社会状况，禅宗、学术与艺术资料等。

许多山村中流传着这样一种说法，某年冬天若是少雪且温暖，那么这一年山姥必定产子。阿波国半田的中岛山有大石头，据传山姥曾带着孩子在这块石头上烤火取暖，所以人们给石头取名山姥石。远江国奥山乡的九良几山上有一座明光寺，寺院后面的山峰上有一块岩石名为子生石。据传天德年间山姥曾居住于此地，并抚养了三个孩子，分别是龙头峰的龙筑房、神之泽的白发童子和山住内殿的常光房。这三位神屡屡出没于深山的雪地中，现今仍被供奉于各个地方，永世为人所敬畏。《远江国风土记传》[①]记载，平贺、矢部两家的祖先曾奉命前来讨伐三神。双方讲和后平贺、矢部两家的后代又曾侍奉该神的故事，我们可以通过秋叶、山住神社[②]的近世历史有所了解。

由地形可以看出，山住神社原本是秋叶神社的内殿，然而不知从何时起，两处的信仰分立，三尺坊大权现[③]的管辖范围始终也无法延伸至广阔的深山老林。无论神官对沿海地区的百姓心属山住神社做何解释，想依靠山里的神犬来击退魔障

---

①《远江国风土记传》：远江国的地志。内山真龙著。

②山住神社：以神犬信仰而闻名。相传三方原合战时，德川家康落于下风，逃入山住神社。寺内的犬一齐狂吠，帮助家康赶走了武田信玄军。

③三尺坊大权现：静冈县秋叶山的山岳信仰与修验道融合后所产生的神祇，又称秋叶权现。

与盗贼却是百姓们唯一的信仰动机。现如今人们也许会认为，狼不过是山神向众人宣扬神威的媒介。但是，如果我们认同人类的宗教信仰是伴随时代发展不断进化的话，那么就有理由相信敬狼为神的时代曾经存在过，应该可以从众多民间仪式或者各种不太有固定说法的传闻中找到例证。在山中繁衍的野兽多如牛毛，人们却只对狼族怀有莫大的关心，在它们生产后进行探望的习俗也一直持续至今。

不仅限于远江、三河等地，据说各个地区的山村中都有一块名为御犬岩的岩石，那是狼养育孩子的地方。一听说狼即将生产，村民便会搬着塞满食物的箱子，特意前往参拜，这一类的传说并不罕见。只是我们并不清楚狼产妇最终是否吃掉了这些食物。传说津久井的内乡等地的村民会将装满红小豆饭的箱子放在狼的洞口处，作为回报，狼也会在箱子中堆满兔子和山鸡。秩父的三峰山中至今仍保留着“御产立神事”这类严格的祭祀礼仪。《三峰山志》中记载，神之眷属产子时会发出凄厉的叫声，只有心地正直的人才能听到声音。听到声音的人要立刻前往神社报告，神官们便沐浴更衣，煮三升红小豆饭，添一升酒，跟随此人一起入山。到山中必会发现一块像是被打扫过的十分干净的三十多平方米的空地，空地上连一根枯草都没有。神官们便在此地缠绕注连绳[1]，供奉酒食，进行祈祷后返回。虽然没有看到狼生产的情况，不过人们相信，只要举办这种神事，当年便能新增上万信徒。

御产立神事毕竟只是众多山神信仰中的一种形式，随着时间的流逝，举办频率渐渐降低。有人说，狼这种野兽对色欲极其淡泊；也有人说，一旦看到狼的交配场景便会招致灾祸。观察这类山林中的自然现象，其初衷并不是为了招揽信徒，而是因为从前曾有山神产子的信仰，所以人们对于这类偶发的神秘事件抱有十足的好奇心。

西方也广泛流传着类似于狼化作老妇，或是老妇化作狼以恫吓旅人的故事。而日本的传说与西方的传说相比，特色之一是多与分娩扯上关系。特别在阿波、土佐、伊予一带的山村中有这样的传说：怀孕的妻子即将生产，丈夫来到山谷打水，结果被狼群袭击。还有另一个版本说丈夫将产妇一人留在山中小屋，离开村子后便被狼群咬死。也许狼这种野兽只是因为受产血腥气的吸引而来，这类故事可以成为怪异博物学的研究资料。但是，因为相似的事例过多，而且寻其古迹必见大树或岩石，且多伴有亡灵在此作祟的传说。由此可以推测，这些故事本属于同一系统，只是后来逐渐演变，风格更近

①注连绳：神道教常用的祭具。

怪谈小说罢了。

我没有能力更深入地研究这个问题。从我的考量来说，诞生于深山中的奇妙物语的不断变形、传播，或许就是解答大部分山神是女性这个问题的关键所在。日向椎叶山《猎人传书》中，山神之母名为一神君。而在安艺与石见边境线上的龟尾山山脚产子的神名为市杵岛姬命。我觉得这也许是一种暗示。“一”和“市”同音，从古至今意为侍奉神明的女性。其语源应该为“齐女”，也可写作“巫女”等，意思是最接近主神的人。如果诞有子嗣，孩子的名字则为“小市”或“市太郎”，代表神明的使命代代相传。其间，人们逐渐将先祖也纳入信仰之列，甚至时而与主神混淆，这可以说是日本传统宗教的一大特征。作为一种公共制度，齐女信仰从很早以前便开始衰退，但民间仍然保留着聪慧纯洁的少女被神选中产下神子的传统幻想。信仰圈外的人们也许会将其批判为一种遗传精神病，然而在和平淳朴的山村生活中，这种宗教现象有其存在的合理性。深山老林云雾深处潜藏着永世不绝的天然之力，不断孕育着新的印象与记忆。

二十 深山见小儿

关于山神，那篇日向[1]的猎人祭拜山神的祭文中提到了一千两百多位，而与其一山之隔的肥后[2]球磨郡，关于山神的称谓则有近山太郎、中山太郎、深山太郎等三千三百三十三种。不必说，这些都不是经过精确计算的数字，但从杂乱庞大这一点来看，山神的传说还是与足柄山金太郎等传说的思想变化方向有差异。将山神与大山祇命[3]神扯上关系之前，关于山神的信仰就已经出现了混乱现象。不仅樵夫、猎人各有不同的祭拜模式，就连耕田种地的农民都要在耕作前后祭拜两次山神。因为他们认为山神到了春天就会离开山林，来到农田成为田神，秋天一过又会返回山林。以伊贺地区的“钩曳祭”[4]为首，日本有很多珍贵的召唤神灵的习俗。与此相比，九州一带则盛行山童、河童的传说。中国地区东部的川童往往独居，而九州叫作“水神”或“足长河童”的怪物却都是群居的。他们会在冬季来临前全都离开湖畔，返回山林成为山

①日向：现日本宫崎县。

②肥后：日本旧国名之一，今熊本县。

③大山祇命：大山祇，日本神话中出现的掌管山的神灵。别名“多志大神”“酒解神”。命，为神灵或贵人的名字后所附加的尊称。

④钩曳祭：将分叉的雌木与雄木绑在一起分别向己方阵营拖拽，祈祷五谷丰登，子孙繁荣，无病无灾。是当地的传统活动。

童，到了夏季就又来到水边。这与前文叙述的山神和田神的行迹如出一辙。纪州熊野的山里一种叫“山怪”的怪物也大体有类似的习性。在寂静幽深的树林深处劳作的人们内心所架构出来的这些影像中既遵从父辈们留下的规矩，也根植于土地的历史，因此虽有千人万人，遭遇却十分相似。这些经历若是拿到异国他乡恐怕会令人觉得滑稽、不切实际，但这其中却蕴含着支撑民间信仰的无穷力量。存续其间的贯穿古今、覆盖全土的古老法则更不用说了。

《西游记》①以及其他书籍中记载的九州山童，在其他县市又被称为山男，从相貌举止来看怎么都不像山童的冬季化身。传说在山谷深处还隐藏着一种小型的怪物，我想山童恐怕是对这种小型怪物的称呼吧。据说曾有个游人留宿壳岐岛②，入夜后听到客栈前有踢踢踏踏的脚步声渐行渐远走向大海，嘈杂地响了一个通宵。天明后向人询问，答曰那晚是山童出山的日子。也有人在其他地方山脚下的河畔发现过很多类似孩童足迹的印记，据说那是河童进山时留下的。还有人在秋末寒冷的雨夜，听到微小的像候鸟群飞过天空的声音，据

①《西游记》：江户时期由医师橘南谷所著的一本游记。
②壳岐岛：现长崎县壳岐市，是长崎县北部的一个离岛。

说那是足长河童的声音。阿苏[1]地区的那罗延坊[2]等修行者住在山民家时，会给山民发放一些防范河童的护身符。也就是说，正如夏日水边嬉戏者对河童有所畏惧一样，进了山里人们就对山童有所忌惮。近世之后，这样的实例慢慢变少了。也许是因为像山童、河童这样的小神灵，就如同人类中的孩童一般，他们只是想捉弄人，因而时常会随性地搞一些恶作剧，并无其他更恶劣的企图。人们只要稍加注意，就能够轻松防范，因此他们的存在渐渐地被人们忽视。

《观惠交话》这部已有两百多年历史的书籍中记载着一个故事：大概是在丰后国的某个深山里，有一种独眼怪，身高约三四尺，仅有一只眼睛，位于其面部正中，除此之外，几乎和人类没有任何差别，全身无毛发，通常二三十个结伴而行。独眼怪即使遇到人，也不会为害。据樵夫们所言，他们非常喜爱木匠用的墨斗，只要给了他们，他们就不会对人干坏事了。人们听不懂他们说话，只知道他们声音很尖很亮。

乍一听独眼怪，人们也许会觉得恐怖万分。不论是在土佐[3]还是越后，甚至在朝鲜，或者遥远的欧洲国家，乡村中都

---

①阿苏：熊本县东北部。

②那罗延坊：那罗延，佛教守护神之一，拥有神力，也称那罗延金刚。坊，对僧侣的通称。

③土佐：现日本高知县。

有这种怪物的传说。为什么他们会令人感到恐惧呢？很遗憾，我们至今还没有完全研究清楚原因，但独眼被看作是妖怪的证据，这一点似乎是不争的事实。据说在大和、吉野[①]的山中，还有一种像人类三四岁幼童的怪物，他们以树叶蔽体，被称为木子。至于他们是否真的存在，众说纷纭，并无定论。但因为山中劳作的人们稍有疏忽就会被偷走食物，不论是否真的看到过木子，人们拿着木棒驱散他们的事情总会发生。于是很多人便相信木子这种怪物的存在。此外，《黑田琐语》第三章第四小节记载了秋田的早口川[②]栖息着鬼童的故事。《土州渊岳志》中也记载了笑男的故事，十四五岁少年模样的笑男居住在土佐的大忍乡的山中，露面时总是哈哈大笑。这些传说不必细细研读就能发现其中存在夸张或是被误解的成分，可是它们的情节如此巧合的相似，即便有误解也值得我们去探寻清楚。

不过，有些故事却让人很难相信其中有误解或夸张的成分。下面这则故事是我与南方熊楠[③]先生书信往来时得知的。据说前年在熊野东部，一个旅人翻越一座山峰时，突然听

---

①吉野：奈良县南部，纪伊山地中北部的吉野郡一带地区的总称。

②早口川：发源于秋田县大馆市西北部的青森县附近的白神山地，向南流淌。

③南方熊楠（1867—1941）：日本著名生物学者、民俗学者。

到一阵沙沙声,从路边的竹林中爬出一个幼儿,旅人大吃一惊,仓皇跑下山去。数日后,他回程踏上同一段山间小路,在同一个地方看到那个婴儿被斩首横尸在那里。这故事简短得有些没头没尾,简单得让人没有理由怀疑是那个旅人杜撰的。

南方先生在书信中对此又做了如下补充:时至今日,印度的某些地方人们从狼窝里捡到人类幼儿的事情在报纸或其他媒体上时有报道。印度的狼害众多,每年都会发生大量的幼童被吃事件,印度甚至还出现了一种职业,有人专职在山中搜寻捡拾那些被狼吃掉的孩子所掉落的项链、手镯。最近盛传的狼孩就是被这些人发现的。据说狼当时刚刚吃饱,于是饱腹的狼没有马上吃掉婴儿,这婴儿天真无邪地向狼求食,吸吮了它的乳汁,这唤起了狼与生俱来的母性,就把这个婴儿与狼崽一起喂养。某孤儿院也曾上交报告说被送来的一个幼儿行为举止与狼如出一辙,四肢爬行,仅食生肉,只会低吼,不懂人言。

当然,此类事件必是自古就有的,但由此便奉狼为灵物的信仰,我还从未听说过。与此相反,狼在日本虽被视为山中的神灵,却也流传着很多狼叼走孩子的故事,似乎并没有狼喂养孩子的传说。因此,我们不能性急,不能试图以此来寻求山中出现幼子的缘由。

二十一　山姥非妖怪

在日本有个不容置疑的事实，就是各个地方都出现过居于深山的奇异女子。山姥或山姬是村民们对这些女子带有几分敬意的美称。只是，近世的纪实文学以及口传文学对此都没有特别精确详细的记载，因此，谨慎地辨别其中的误传与夸张就非常必要了。我之前所列举的几个奇闻异事都是女子中年之后离开父母的家，加入山姥、山姬的行列中的，其实除此之外，还有一些是原本就出生在山上的山女。

《秉穗录》这本书中就有所记载：有人在熊野地区的山中看到一个通体白色的女人追赶着野猪从山里跑了出来。寺石正路的《土佐风俗与传说》中是这样记述的：在土佐国槙山乡的字筒越（位于今高知县香美郡），一位叫作与茂次郎的猎人在黎明时分射杀了一头奔跑中的大鹿，随后，猎人看到那头鹿的后面有一个身高一丈有余，红头发，左右各绾了一个鬟髻的老女人追赶而来，猎人见之不由得大惊失色。

所谓追赶野猪的女人通体呈白色，意思应该是说那个女人赤身裸体吧。萨摩国一位叫作上原白羽的人对《今齐谐》的作者说，经常在萨摩国[1]的深山中看到有一个妇人模样的

①萨摩国：日本旧国名之一，位于今鹿儿岛县西部和甑岛列岛。

人翻过山顶。那人总是披头散发，一边哭喊着一边奔跑。这里说的山人的哭泣，应该是指山人发出的奇怪的声音吧。深夜山中有女子大声地叫喊“等等我”的记录在《远野物语》中也能找到。类似的事例在其他很多地方也有。山人的个头大都高得离谱。仔细想想，这些关于山人的描述大都来自于惊慌失措、落荒而逃的目击者，出于恐惧心理，关于山人身高的描述或许有一些夸张的成分在里面也就不难理解了。诸多例子所发生的地点不同，情景不同，但对于山人形象的描述大都相同。比如声音，以及头发长而乱，这些共同点其实更应该引起我们的注意。此外，还有一些传说讲的是在山中看到了女人庞大的尸体，其中最有名的是发生在日向国南部的一件事。这个传说早年间被收录于橘南谷的《西游记》中。

> 近些年，在日向国余肥领的山里，猎人预先埋放的菟道弓射杀了一个怪物。怪物身体轮廓与人类相似。全身极白、黑长发、赤裸，长相似人又非人。猎人见之震惊不已，向人询问此为何物，众人答，应该是山神。猎人担心自己对山神的冒犯会带来灾难，因此未敢再动那具怪物尸体，将其原封不动地留在原地。后来，怪物尸体慢慢腐烂，也没有什么灾难发生。也有人说这是山女，居于深山。

这里“菟道弓”中的“菟道”指的是山中野兽经常出没而

形成的一条路。由于了解到野兽有在同一个地方出没的习性，于是人们在这条路上设置了菟道弓，只要触碰到机关就可以自动发射。即使这个怪物不是什么山神，可如此被菟道弓射中也未免太过大意，着实是一件稀罕事。另外，当地的猎人不知山人这一点也有些不真实，要说皇城里的贵族不知道山人还可以理解，可当地的猎人是第一次听说山人，实在是很难令人信服。更何况至今为止，这个地区山人出没的频率明显比其他地方高，现在还流传有很多发生在这个传说之后的珍闻逸事呢。

在八田知纪翁的《雾岛山幽界真话》的最后篇章记有一则传说，如下：

> 这是籾木新右卫门的故事中讲到的传说。籾木新右卫门是日向国高冈乡（东诸县郡）籾木村的一位务农的武士。去年（文政十二年）秋天万物萧瑟之际，有人从高冈乡到高锅领的小菅岳山去打猎。一天，有一个怪物撞上了猎人设下的捕猎网。这个怪物长相与人相似。长发，手足上长满了长毛。那怪物告诉猎人："我原本是人，是某户人家的女儿。数百年前，为逃避战乱，与兄弟共同隐居山林，自此便不再与人类打交道，捕捉鸟兽、采摘果实为生，过起了野人的生活，久而久之，样貌越来越怪，成了现

在这样。这次我是想去找我的妹妹,半夜出门,没想到遭遇不测。还请您千万饶我一命”,这怪物边哭边求饶。(按当下的语言,应该很难听懂她说的意思吧)猎人对怪物说的话甚感诧异,丢下怪物奔回村里。后在众友人的劝说下返回将怪物杀了。之后不久,这个猎人便重病缠身至死。这是最近发生的事,那猎人的名字我还听过,但是现在记不清了。

下面是小山胜清君外祖母讲的一个故事。明治初年,肥后国球磨郡四浦村与深田村交界处的高山上有一片官林。一个全身赤裸的年轻女子死在猎人布置在林子里的猎猪网中。听说那个女人被埋在附近的地里,之后那里便发生了一些不吉利的事情。

我们应该注意的是,以上三则故事发生的时间与地点虽稍有不同,但都发生在雾岛市房连山。虽然我们也不清楚猎猪网的构造,但是我们可以肯定一点,即小菅岳的那个被捕女子跟猎人交代自己身世的这一部分内容很难令人信服。可以看出,姐妹二人分居两处、时而互访是故事的一种固有模式,同时,为躲避战乱进入山中生活更是当地人喜闻乐见的故事情节。除了对话部分比较晦涩需加入说明外,其间肯定还有不少传承者的添油加醋吧。不过,与此相比更重要的一点是:这三个相似的事件发生的时间、地点相差甚少,可具体情况却相去甚多,没有任何效仿的痕迹。希望今后有更新的相关报告、更多的内容添加进来,以便进一步研究考证。

熊野也有一个类似的传说。有人说自己曾在山中看到过一个身长八尺有余的女尸。死尸的头发长至脚踝,嘴阔至耳,眼睛也比普通人的大很多。另外,在《越后野志》第十八卷中也有山男死尸的记载。拂晓时分,顺着越后国颈城郡的姬川从山里漂出了一具山男的尸体,全身赤裸,腰部还缠绕着藤蔓,身长两丈有余,人们因为恐惧未敢接近,最终尸体漂到海上去了。虽然并没有测量尸体的尺寸,但是两丈有余的说法早已在那个地方流传了很久,而且在此书中的其他地方也是这么记录的。

山男的身高远远超于常人,其他很多地方也是这么流传的,也许这就是事实吧。对此,我想给大家说两三件真实发生的事。《有斐斋札记》中讲到一个叫对马的物产学者,他经常深入比叡山采草药,一次他偶然间看到山谷对面有一个小孩在一块大石头上跳下爬上地玩耍着。当时他以为那是村子里的小孩在山里玩,但是后来有一天他路过那个地方,发现那块石头足有数仞[①]之大,由此可以推算出当时以为是小孩的那

①仞:深度、高度单位。一仞为中国周代的八尺(一说为七尺或四尺)。一尺为约22.5厘米。

人身高至少一丈有余。这时,他才意识到自己当时看到的其实是山怪。

还有一个事例是石黑衷笃不知从何处听闻并转述于我的。说在幕府末期的某一年,一位叫川路左卫门的名士因公务去了木曾,夜里在山中小屋歇脚。夜深月明之时,他听到小屋外面有人在大声地叫喊,便拿着刀打开门出去查看,屋子外面一个人也没有,月光下远远地可见一个极高的男人的背影,那男人正翻越小屋前面那座山向山下奔去。当时,他回身对随从说这可能就是山男吧。但后来他对此事绝口不提,在他的日记以及其他传记中也未再提及此事。

山中笑翁前年到骏河国田代川上游一带的时候,听奥仙俣的杉山忠藏讲了他老父亲的故事。杉山的父亲年轻时候喜欢狩猎,经常追赶猎物直到深山,令他终生难忘、恐怖万分也不可思议至极的事情发生过两次。有一次他追赶猎物进山,突然看到眼前有一片草地像刚被粗大的圆木碾压过一般,齐刷刷倒向一边。正在纳闷儿的时候,又见前面山上的树木也像被劈开似的分向左右两边,并渐渐延伸向山顶。这时他才留意到地上的脚印,那脚印之大非同一般。惊诧之余,他将随身携带以备不时之需的子弹装进枪里,继续向山的更深处寻去。大约黄昏时分,眼前突现一个男子的巨大身影,那男人正攀上一块巨石走向山阴。其背影高大无比,从下方望去甚至看不到头顶。他惊惶至极，甚至连开枪的勇气都没了，落荒而逃。

近年来，随着造纸业和对枕木的需求不断增加，人们开始滥砍滥伐，情况就有所不同了。之前，从这一带一直到大井川的上游，就像山人的乐园，蕴藏了极其丰富的传说素材。在安倍郡大川村日向的藤代山，西河内的一位猎人也曾用枪打到过一个怪物。那个怪物轮廓与人无异，身材高大，全身长毛。《骏河国新风土记》第十二卷中也记载了大约发生在宽政初年的一件事。因为猎物过于恐怖，惊惶之余，猎人将之弃置山中，回家后不久猎人便因此染病身故。留下遗言，让人们在一年之后去那个地方看一看。人们遵从遗言，寻到了那个地方，发现那里散落着巨大的腿骨，旁边还有大量的约四五尺长的白毛。如果是那么长的毛发的话，应该是头发吧。这些故事估计被转述了很多次，因此有关全身长满毛的记载大多不准确，特别是当地到现在还盛传猿猴或是狒狒打劫的故事，更有可能是人们将山人的传说与那些传闻混为一谈了。如果你留意一下报纸就会发现，每过四五年就会有一则关于山男的传言，传言的内容以及怪物的大小往往与以前的山男极其相似，不过事实上最终捕获的都是体型较大的猿猴。总之，虽然传言都是假的，也有些夸张，却不乏由来。

最后我们再来看一个绝不是猿猴的、真实的故事。相比之前两个传说，这一故事发生在更靠西的山里，在《骏河志料》第十三卷以及《骏河国巡村记・志太郡》第四卷中都有记载，已经是一百多年前的事了。

在大井川上游的深山中，有一种叫作“山丈”的怪兽。岛田市的乡下有一位叫作市助的人，做木材生意，经常去这座山中伐木。有一次天还未亮他就从谷田村出发，途经地势险恶的智者山，赶往八草村。天微微亮时，走进一片茂密的树林，忽见几十步开外的地方，一棵大树底下有一个一丈多高的怪物正在环顾四周。领路的人悄悄告诉他说，站在那边的是一种住在深山里的怪物，叫作山丈。谁要是碰上它，性命就难保了。既不能靠近它，也不能大声喊，藏在树荫里千万别露身。市助恐惧不已，想要原路返回。但是带路的人制止了他，说想要活命就等太阳出来再走。无奈，他们只能默不作声地躲在一边。一会儿，怪物离开了那棵树，迅速向山顶的方向跑去。市助偷偷地观察了一下这个怪物，身形如人，黑发，全身覆盖有毛，但依然可以看出他的面部轮廓与人相似，眼睛炯炯有神，嘴阔外翻，头发垂下来有一丈多长，像披着假发一般。看到这种景象，市助吓得汗毛直立，腿都软了。怪物向山顶的方向跑去之后他才放下悬着的心。他和带路人一起到刚才怪物待的地方看了一下，发现那棵树下堆着怪物的粪便，足有一筐，旁边那棵树上一丈来高的地方还有怪物抓挠树皮的痕迹。带路的人说，树皮是怪物的食物，怪物还喜欢吃矮竹子。粪便中就有一寸多长的矮竹子的残渣，还混杂着其他动物的毛发。从描述的这些因素判断，这个怪物应该是狒狒，而不是山人。

这则传说很像是记录精确的传闻，但是仔细研读还是能够发现文人想象的成分，就像那夹杂在粪便中的矮竹子残渣一般。比如，所谓嘴阔外翻，相关描述中国的书籍自古就有，只是嘴到底有多大，日本人无从得知，毕竟这些特征都不是在天蒙蒙亮时能清楚看到的。山丈的“丈”相当于现如今俗语中的“男子”，也就是说山丈是对中年山男的一种尊称，是相对于“山姥”的一个中世语（中世时期使用的语言）。

二十二　山女多欲亲近人类

总体来看，深山的山女们不知为何都有想要亲近人类的倾向。也许是妇人内心的脆弱或好奇使然，可山女那庞大、恐怖的身躯却令人避之唯恐不及。

在全国各地经常可以听到山女夜闯山中小屋的传说。在山里干活的人，他们住的小屋入口处大多都只挂一条草帘子，山女会在夜深后出现，掀开帘子偷偷往里看。这些山女披头散发，目光如炬，因此人们以为山女是来吃人的，总是慌作一团。有时山女也会在天黑后突然闯进山中小屋，坐在地炉旁边，一言不发地烤火，很久才离开。据说为了打发无聊寂寞的时光，有些胆子大的伐木者偶尔还会捉弄山女开开玩笑。在羽后国的深山里，甚至还有人为了引来山女，专门在炉子里焚烧华山矾，相关记载在《黑甜琐语》等书中可以找到。至于焚烧华山矾到底会起到什么作用，有必要结合这种树木本身的性质一起去探究一下。

距今三十多年前，肥后国东南部的汤前村里有一个锑矿，位于日向和米良边界的仁原山上。锑矿事务所里住着一个叫作原田瑞穗的人。有一天夜里，他到位居下方不远处的小屋里和小工们聊天。聊着聊着就听到有人啪啪地往屋顶上投石子。这声音听起来有点瘆人，于是原田便起身决定回去。出了小屋，沿屋后的小路刚走了几步，突然有三个身材高大的女人从路边跳了出来，其中一个还死死地拽住他的手。三个女人全都赤身裸体，嘴里还不停地说着什么。由于紧张害怕，原田瑞穗也没顾上听她们说的是什么，只拼命地呼救叫人。小屋里的小工们听到有人呼救便一起跑了出来，山女看到这么多人也怕了，放开手向山上跑去。这是小山胜清君给我讲的故事，原田是他的叔叔，这件事就发生在原田年轻的时候。

这个传说让我格外关注的原因是锑矿的地理位置，之前我们提到有山女死于捕猎网的事，锑矿所在地的仁原山正好居于三个山女分别被捉之地的中央。此外，如果说山人的性情也会因地而异的话，南九州山里的山人最为淳朴愚笨这一点也应特别关注。

今后这类事情应该还有不断发生的可能。据说前些年，白发岳的山上也发生过类似事件。刚才说到的仁原山就位于市房山和白发岳之间。事件的大致经过如下：某氏因工作关系曾在山中小屋住了一段时间，可是每当夜色降临，山女就来拜访，甚至有时还抱着他的脚把他往外拉。他实感恐惧，无法忍受，只得离开了山中小屋。据说球磨郡四浦村（位于熊本县）有一个叫作吉的伐木者，在五个庄的山里干活时也碰到过山女。一个披头散发的山女一声不响地进入小屋，笑嘻嘻地不断揉搓着自己的乳房。吉受到惊吓，转身就跑了。等他拿了枪伙同众人返回时，山女已经不在了。至于远远地看到山女背影的事例，这个地区近年也有不少。东北地区会津磐梯山的入山等地也有很多山女的传说。

《龙章东国杂记》第六集中有这么一段话："明治初期，山麓某村农民二人为采川穹深入此山西北之山谷，夜择河边大树空洞而栖，洞外烤火取暖。忽有身长六尺左右、头发长至脚踝的女人走近，将自己捉到的溪蟹放到火边烤熟食之，还对着两个农民笑。”书中还写道：“这是个上了年纪的野猿，人们称之为山童①，居于奥羽国深山之中。虽深谙人类内心世界，却不曾害人。”地理位置等详情未知。此外，《老媪茶话》中也记载有一个传说：猪苗代白木城的一位农民叫庄右卫门，同样在磐梯山深处发现了山姥的头发，“七八尺长，白如雪，挂于巨松梢头”。书中最后还写道：“世人所说的山姥是南蛮国的野兽。其形如老女人，腰间裹有兽皮垂于身前身后，似男子兜裆布。经常捉人到洞窟，逼其成亲，不合意者杀之。力大无比，健壮无敌，喜欢偷人小孩。得知小孩被山姥偷走，众人一起大声辱骂‘山姥偷人孩儿’，山姥便会偷偷送还小孩。”随着时间的推移，亲身经历过此类事情的人越来越少。可是另一方面，山人的传说却越来越多地被附加了形形色色的内容，混杂其中的来自中国书籍的内容甚至已近半数。

或许山人只是比较迷恋人类的炉火才频繁接近人类的，冬日出门在外的人应该最能理解这种心情吧。看到有人烤火取暖，即使素不相识也有想要靠近的冲动。有时夜里透过门缝看到人们在炉火旁欢声笑语甚至还会心生忌恨。同样道理，那些纯朴的山人说不定也是被温暖的火光吸引来的。

---

①山童：日本民间传说中住在山里形似少年的小妖怪，常发出斧头砍木声、树叶摩擦声、石块裂开声、地面震动声等恐吓人。

《秉穗录》中有记载,熊野烧炭人的山中小屋曾出现过一个身高七尺有余的修行者,只因"投鱼鸟入火,厌其气味,离去"。这与先前山女烤溪蟹的传说略有不同,估计只是对火的兴趣因地而异之故吧。之前引用的《雪窗夜话》中还记录着下面这样一则传说,当然,故事同样发生在因州[①]。

有一名捕鹰匠,姓西村,名不详。为了捕鹰,他深入智头郡的芦泽山,独自一人住在山中小屋。夜晚寒气重的时候,他在屋外烤火取暖。突然,有一个从未见过的怪物悄悄靠近火堆,并蹲下来烘烤自己的鼻子。这怪物身高六尺有余,形如老者,赤发卷毛,面貌非人非猿,手脚却如同人类,全身长毛。西村这个男子天性阳刚,面对此怪物没有畏惧,反倒询问那怪物家住何方。怪物没有回答,只是待了一小会儿便回去了。西村紧随其后跟了出来,夜深天黑,怪物很快就不见了。之后怪物又来了一次,偷窥小屋。西村与之搭话说道:"你又来啦,今天晚上可是没有火哟。"听到西村如此说,那怪物转身便走了。西村说起此事,村人告之那怪物乃山父,不害人,人若犯之,则令山荒。

---

①因州:即因幡国,日本旧国名之一,位于今鸟取县东部。

近来,信越地方的高山群因滑雪而闻名,在那里也流传着与上述传说相似的故事,出自《北越杂记》卷十九。在此有必要事先说明一点,《北越杂记》和《雪窗夜话》都是抄写本,传播不广,双方作者完全不知彼此的存在。我们将两本书对比后发现它们颇有学术价值。

妙高山、烧山、黑姬山都是高山,绵延至信州的饭纲山、户隐山,越中国的立山也是重峦叠嶂,其境幽深。高田藩内数十户的柴火皆伐自此山,因此上自官役下至伐木匠相互约定,在山中小屋遇到的任何怪事绝不得与外人提起。

有一年,一位姓升山名不详的人连着数天当值留宿山中小屋,每晚与众人围坐火炉烤火时总有山男过来烤火,不久便离开。其轮廓与人类无异,红头发,赤裸的身体呈灰黑色,高六尺有余,腰间缠有草木叶子,其声似牛。虽从不与人交谈,但能够听懂人类语言,因此渐渐熟知如友人一般。一天晚上,升山对山男说,你身裹草木叶子,看来是知羞耻的,来烤火是为了御寒,那你为何不用兽皮裹身呢?山男默默听完后便离开了。第二天晚上,山男突然拎着两只斑羊出现在升山面前。升山会意,用短刀帮其将斑羊的皮剥了。山男不断张嘴对着升山笑,开心地拿着斑羊皮走了。过了不久，山男又来了，他将先前的两张斑羊皮中的一张用藤蔓绑着披在背上，另一张捆在了腰间。因为山男是将生皮子直接穿到身上的，皮子干了之后便硬邦邦地缩成一块，众人见之大笑。升山便取来一张熊皮，用竹子作十字形把皮子撑开放到屋檐下晾晒，还给了山男一把厚刃刀，便让山男回去了。之后数日，山男不再出现。

以上这些内容是那些起誓要死守秘密的人不经意间透露出来的。虽然有些价值，却经不起仔细推敲。

二十三　山男亦欲接近人类

山人不会伤害人类，特别是栖居在九州南部山区的山人甚至还表现出与人亲近的倾向。雾岛群山[①]的山人的一大特点就是：他们游荡山间，对可能遭受人类攻击身陷险境的危机完全没有意识，甚至常到村人修建的简易房屋里去，全然不知人类对它们的恐惧、厌恶之意。此前，水野叶舟[②]还给我讲过一个与此有关的故事。

日向南那珂郡有个人姓千藏。大约四十年前，千藏的祖

---

①雾岛群山：横跨宫崎县和鹿儿岛县的火山群。
②水野叶舟（1883—1947）：日本歌人、诗人、小说家。本名盈太郎。

父在山里遇见过一位奇怪的老人。那老人一头白发，上身赤裸，腰间缠着像帆布一样的东西。千藏的祖父见那老人笑呵呵朝自己走近，因那样子实不似普通人类，便警惕地从身后抽出飞刀，大声怒喝道："再向前走，我就砍你了！"老翁若无所闻，仍笑而近前。千藏的祖父害怕起来，折返而逃。约一个月后，村中某青年在同一座山里又见到了那位老人。此青年在山中发现一只野鸡，就在他用猎枪瞄准野鸡准备射击时，突然有人从旁轻叩其右手腕，回首只见一白发老者站在那里笑而不语，白发上还粘着树叶。青年因极度恐惧失了神，呆呆地手举猎枪杵在原地。过了一段时间，被村民发现后唤醒。恢复神志后他把上述遭遇说与众人。上述内容绝不可能是眼花或出现幻觉可以描述出来的，他们也没有任何理由要编造这样的故事，且二人对白发老者的描述也完全一致。虽不知缘由，但那附近的山中出现过这样一位白发老人是确凿无疑的事实。

我们也常常听说山人目送人类的故事，大多数人都觉得这甚是可怕，令人毛骨悚然。的确，这种事听起来是挺令人发怵的，少年或女人感到害怕也不难理解。但是，也许仅仅只是因山人本就是真正的“有闲阶级”[①],他们其实并非有什么企图,只是眺望远方而已。

乡土史学家前田雄三曾给我讲过这样一件事。在越前的丹生郡三方村杉谷,有一位老人叫胜木袖五郎,现今仍健在。事情发生在五十余年前,当时这老人还是个十二三岁的少年。暮秋的一天,他去村边的山上捡拾柴火,同行的伙伴中有人使坏,特意引导众人往别的林子里去了,只剩他一人在附近白山神社旁的堂谷。当时他完全不知情,独自一人弯腰捡柴时,眼前突然出现一位大汉,倚着麻栎树,伸出的腿上长了好多毛。那人身躯异常高大,从下往上望去几乎看不到他的头。少年惊恐之下转身就跑,一口气跑回不远处的家里。从家门后探头再往外看时,那大汉仍站在原处,用犀利的眼神盯着这边。极度惊恐之下少年昏了过去。少年拾柴的堂谷其实是一座很低的山,离神社、村落都很近,没有特殊原因的话,山人根本不可能到堂谷来,更没有理由盯着人看。估计这就是神隐传说盛行的原因吧。

有不少证据可以证明山人对我们并无敌意。小田内通

---

①有闲阶级:不从事生产劳动,把时间花费在社交等非生产性活动上的阶级。

敏[1]给我看过下面这篇文章，应该是一篇摘录，原作不详。故事发生在津轻。

中村、泽目、芦谷这三个村庄位于岩木山[2]山脚，因耕地少，人们便靠砍柴卖炭来增加收入维持生计。此地有个人叫九助。一日，他像往常一样携斧入深山，跨草木越溪流，攀山约二里来到一处空旷的平地。常年行走山中的他发现自己之前从未见过这个地方，始觉自己迷路。他伫立原地正感叹山之大时，忽听附近山谷中有人说话。他走近山谷想看看究竟是何人在说话，只见两个身长七八尺的大汉弯腰好像正在采摘岩石根部的苔藓。他们背上和腰间缠着由树叶拼缀的类似草裙一样的东西。从侧面看，肤色黝黑，圆眼塌鼻，头发散乱且满面胡须。九助惧其容貌丑怪，转身想快点儿逃跑，因心中揣测莫非此大汉便是传闻中的“赤仓大人”[3]，慌乱之下被石块绊倒，反而摔倒在山人旁边。九助心下大惊，惊

①小田内通敏（1875—1954）：日本人文地理学家，著有《乡土地理研究》《日本乡土学》等。

②岩木山：位于青森县津轻平原西南部的火山。

③赤仓大人：传说中赤仓山一带的鬼怪，也被叫作“大兄”“大仁”。有体格高大威猛、力量强大、五官突出等特征。

恐得全身战栗不已，一句话也说不出来，连站都站不起来，只能趴在地上一个劲儿地合掌祈拜。两个山人交谈了几句，将九助挟在腋下，如履平地般奔跑在崎岖的山路上。约莫跑了一里多路，他们把九助放在地上，之后转眼就不见了踪影。九助这时终于回过神来，像是从梦中醒来一般，偷偷环顾四周。此时大约已过申时[①]，夕阳照耀下，万物之影悠长。后来，背柴下山路经此处的其他砍柴人发现了九助，听他讲述了遭遇后，一路陪同将他送至家中。之后，九助一直郁郁不欢，形容憔悴，连饭也吃不下。在妻子儿女的精心照料下，五十多天后才逐渐恢复正常。

二十四　雇佣山男

山人者，亦非人皆惧之，曾经有雇佣山人为其劳作的传说。橘南谷所著《西游记》记载有类似故事；《周游奇谈》[②]中也记录了雇佣山人运木之事。我们很难考证其中有多少虚构夸张的内容，但也不能断定这些都是无根之说。

丰前中津岭一带，多有传说雇佣山人以运木材之事。传

①申时：下午3时至下午5时。

②《周游奇谈》：明治四十四年井上圆了妖怪博士为纪念周游日本国口述其所见所闻，后整理成书《日本周游奇谈》。

言山人的活动范围有限，绝不会主动涉足人类居住的村落。山人在艰险陡峭的道路上也能如牛履地，步步稳妥；路遇深不见底的河水，也如履平地般安稳行走于水底。山人身高可达六尺[①]以上，力大无穷。山男的肤色青黑，体形肥胖，常一丝不挂，甚至连下带[②]也不穿。因山人体毛旺盛，常人很难分辨其雌雄，偶有山女出现，会以枝叶蔽体，均无意参与劳动。山人大多牙齿洁白但口气颇重。雇佣山人运木头的酬劳是一根木头换一个饭团，运两根则两个，依此类推。山人一般都是双手携两木于腋下，干起活来很利索。倘若一次运两木只得一个饭团，山人会大怒且记仇。可谓又憨蠢又耿直。

《西游记》中也有相似内容的记载。相传萨摩地区有山童以饭团为酬欣然运木，如果运木前先与之饭团，往往不劳动就逃之夭夭。山童不喜欢与人交往，他们只为饭团才出来运木，时而也会进山中寺庙盗取祭品，不喜咸食。虽然上述两个记录内容略有异同，出典也相异，但可信度是很高的。

《周游奇谈》卷三有秋田县山男的记载，还将九州山男与之进行了对比，系作者亲见之说。因恐人不信，故誊写原文如下：

---

①尺：日本古时候的一尺为 28. 89 厘米。

②下带：兜裆布。

出羽国有一条从仙北通往水无、银山、阿仁的近道。余沿此路入长陆内山时迷路，遂借宿于烧炭小屋。是夜，余睹山人，形如丰前山人。因未见其搬运木、石、炭等物，故其力大小无从得知。因山人偶入余屋，恰值饭点，猜想其为觅食而来，便以饭团与之，山人收之欣然离去，未在人前食之。其间一直不语，未见其有恶行，仅悠然徘徊，甚为憨厚。余未见山女，故不知山女状。

此外，还有传说讲山人因喜酒受雇于人。《桃山人夜话》[①]卷三的相关记录如下：

远州秋叶有山，山人常出没其间，为樵者运木，事毕则归于深山。山人无家无亲，栖息于何地无人知晓。喜以酒为酬，不受金钱，且不谙人情世事，与其交流如与哑者说话。山人身材高大，未见有低于六尺者，有凝山气幻化而成之说。听说从前有名曰又藏者居于白苍山，一日因家人生病，又藏出门寻医，途中不慎失足于谷底，脚痛难以行走。山人忽现并负又藏于背腾空而起，如乘风而行倏至山顶，至医

①《桃山人夜话》：是天保十二年（1841）发表于日本的怪谈集。作者署名桃山人，插画绘者竹原春泉斋。

师处便不见了踪影。又藏欣喜不已,为答谢山人,之后又来到失足之处,将酒倒于竹筒。山人携伴前来畅饮后欣然而归。此古老传说,现亦广为流传。

山人是如何知晓又藏要去寻医并将其送至医师处所的呢?这一点很难让人信服。不过,山人好酒的传说似乎古已有之。

二十五　山人寻饭

在很多地方都能听到山人寻饭的故事。土屋小介君前年给我讲了一个故事。明治初期,东三河地区丰川上游山上的官林出售给民间后,有人上山伐木,居住在山中小屋里。有一天,结束了外面的工作回到小屋,看到一个高个子长胡子的男人正在吃自己的饭。那个男人见主人回来了,一句话也没说,猛塞几口就跑了。从那之后,那个男子偶尔还会来吃,却始终一言不发,也没加害过人,完全是一副不懂他人之物不可取的样子。

下面是铃木牧之的《北越雪谱》中的一则故事。讲的是在南鱼沼郡的池谷村有个姑娘某日独自在家织布时,一个长相像猿猴,脸却一点儿也不红的长发大个子男人悄悄走进屋里,一言不发地四下打量。由于是初春,严寒依旧,为了御寒,姑娘织布时在腰上裹着一些东西,惊慌失措之时没能迅速逃走。只见那怪物绕到厨房，走近灶台，不停地用手指着饭桶，一副想要吃东西的样子。姑娘之前听故事里讲过类似情景，于是快速地做了几个饭团给他，那怪物拿着饭团便开心地走了。从那以后，姑娘一个人在家时，他又来过几次。那时经常听说有人在山里碰到类似情况，但都是一个人行走的时候，据说只要有同行者怪物就不会出现。

同样还是这个地区，中鱼沼郡十日町有一个叫作竹助的脚夫在某个夏日午后于山中偶遇了怪物。当时，他将货物放在路边，坐在石头上正准备开始吃便当，突然一个目光炯炯的长发大汉走了过来。大汉的头发已经白了大半，不停地指着石头上的烤饭团。于是，竹助扔了一个给他，大汉接过饭团马上开心地吃了。之后，还主动帮竹助背上货物，一直送到池谷村附近。

山男和山女有时会出现在山中小道上，帮助伐木人或者山里人搬运一些东西，有时也会出现在村子里，帮助人们做一些小事情。也许山人是为了寻求酬谢而帮助人类吧。这些从古流传至今的传说，我们有必要重新考量一下。《想山著闻奇集》等书中详细记载了美浓、信浓山中人们祭祀山神的活动。当地人一般会用穿在扦子上的、类似于炒饭的天狗糕（也称御弊糕或五兵卫糕）来祭祀，现在这种祭祀方式依然保留着。可是人们最初这么做，也许只是出于对山男的一种妥协。

位于中仙道武仪郡，从美浓鹈沼站向北约三里的志津野村，地势平缓，村边有一片松林，林中没有什么参天古树，于是当地村民砍伐这里的小松树之前没有准备天狗糕祭祀神灵。不承想人们开始干活之后，总是不断有斧头等工具神奇地丢失。无奈之下，人们不得不停止作业，重新准备天狗糕向山神们道歉。之后，那些丢失的工具便神奇地接二连三地又出现了。

同一个地区苗木城的二森山也有一个类似的传说。文政七八年的时候(1824、1825 年)，村民要砍伐山上的树木，于十月七日进山，还事先备好了祭神用的御弊糕。可不知为何，大家忘了给山神上供就径直各自吃了。不一会儿，山中狂风大作，当夜天狗倒[1]树，轰轰作响。人们这才意识到是自己怠慢了山神，急忙又重新准备了供品向神灵道歉，这事儿才算完。

在当地，制作天狗糕还有一些老规矩。首先要通知村子里的男女老少在山中集合，然后一起蒸米饭，饭做得要比平时硬一些，再攥成饭团穿在扦子上烤，然后抹上调味酱。最先做好的天狗糕用树叶包五六串，找一片干净的地方给天狗上供，

---

①天狗倒：日本传说中山中出现的怪异的声音。据说会听到砍树的声音，随后发出大树倒地的轰鸣声，但过去看时却什么也没有。人们认为这是天狗所为，因此称作“天狗倒”。

然后大家才可以一起尽情地吃。据说因为天狗糕极其美味，制作过程中散发的香味会引来天狗，所以人们从不在村子里做这种食物。也正是因为这样，天狗糕又被叫作“山小屋糕”。

在距离江户不远的山方町，天狗糕还有“粢糕”这样一个具有古韵的名字。现在我们对这些宗教活动的起始动机已经知之甚少了，尤其是看到为了消除天狗恶作剧给人们带来的恐惧，我们的祖先竟然使用如此富有人情味的方法，我们才意识到那些最单纯的初衷已经被我们遗忘了。随着亲身经历的人越来越少，一些毫无根据的杂谈不仅于我们无益，反倒使探究这些习俗背后的缘由变得难上加难。

至少有一点我们可以确定，即山中神灵曾经被饭香吸引而来，而且当地人也清楚地知道，献上食物可以取悦于他们，由此双方恪守诚信，并不需要再做什么特别的努力。吃完人们献上的食物后什么也不做便离开，山人的这种行为有点儿吃霸王餐的意思，如果你这么想的话就大错特错了。从前，山人只要不干扰人们生活，就可以吃到御弊糕。如若不按时献上，它们甚至会发怒滋事。它们从山中出来试图帮助人们做事，从某种意义上来说，体现了山人的友好，或者是因为醉心于食物香味做出的积极举动。允许我大胆地推测一下，山人的这种行为或许是被人类同化的一种进步。就像下一章我打算讲述的飞騨国巨人的故事一样，人类因为偶受恩泽以饭团为谢礼赠予，对方欣然接受并捕捉一些狸兔答谢人类，这种互动与异民族间的贸易兴起的途径完全相同。就这样，久而久之，山地的居民渐渐融入日本大家庭，于人于己这都是最大的幸福。

传说中越后国南鱼沼郡的山男长相似猿，脸却不红。对于这一点，有必要说明一下。所谓脸不红，其实只是说山男的脸没有红到猿猴的那种程度。事实上，很多传说中山男的脸都是红的，更有甚者，全身皮肤都是红色的。近世在虾夷等地盛传“赤人”警言时，并未引起太多的惶恐，这有些出乎人们的意料。之所以如此，是因为当地人原本就相信“赤头太郎”的传说，赤头太郎也是通身赤红的巨人，与恶路王[①]、大竹丸[②]属同类。这种现象不仅仅出现在奥羽，《今昔物语》中也有类似记载。弘仁七年(816)六月，弘法大师首次发现高野圣地时那位做向导的山中异人也是面色红赤，身高八尺有余，着青色窄袖便装。直到今日，提起“巨人”，人们脑海中浮现的一般都是一个红脸人的形象。虽然有的传说中山男全身呈青灰色，与丰前中津领的山童相像，但与红色山男相比，此类传说

①恶路王：于桓武天皇(781—806 年在位)时代兴兵作乱的传说人物。为板上田村麻吕所败。

②大竹丸：恶路王的别称。

的数量要少得多。另外,所谓“赤头”有的也只是指红发,不过与此相比,指面红者更多。山人面赤的原因还有一点不得不考虑进去,那就是山人偶遇普通人,也许是过于兴奋以至于脸涨得通红。事实上,皮肤油亮泛着红光,再加上身材异常高大,已非常令人畏惧了。

在此,有必要将山人的特质告知那些仅凭地下枯骨便妄议古人的人们知晓。

二十六　山人进城

山人即山中的住民,我们的祖辈对他们的存在并不惊讶,也不觉得他们对自己的生活造成了威胁。只不过普通人很少有机会像丰前、萨摩两地的伐木者一样,有意识地和山人达成约定,互通有无,因此人们对待他们的方式,就好比对待江户禁教时期的天主教一般。不知从何时开始,围绕山男流传的净是些无稽之谈或夸大之词。所谓山人拥有异于常人的能力,这应该是事实;他们生气起来不知道会做出什么惊人之举,这也算是有根据的推测。至于山男脚力惊人这一点,完全是因为他们不擅长和生活在平地上的人类打交道,总是急急忙忙往密林里跑,想躲起来罢了,并不值得大惊小怪。假设山人捕捉山里的动物为食,那就算是女性山人也必须跑得快,这些并不难理解。我觉得不可思议的是山人想亲近常人的强烈意愿。然而很遗憾，人类和山人之间不时产生误会，且大多数情况下人们对山人的善意并不领情。

《东武谈丛》中有这样的记载，庆长十四年四月四日，一个来历不明的男子突然出现在骏马城德川府邸的庭院里，他衣衫褴褛，蓬头垢面，还吃着青蛙。问他住在哪儿也不回答，只用手指指天，仿佛在说自己是从天上来的。德川家康制止了手下想把男子杀死的举动，让人把他带到了城外，不一会儿，男子就消失得无影无踪。记载说此怪人没有手指脚趾，如此看来指天的动作可信度就不高了。

庆长之后三十余载，正值宽永十九年的春天，一个被称作"山神子"的男人，被人从土佐丰永乡的深山带到了高知城内。这个看起来六十岁左右的大个子男人十分健壮，一言不发，给什么吃什么。在城里停留了两三天后又被送回了山林里，当时这件事被写进了好几本书里。

以上两件事都有不少见证者，所以我想虚构的可能性不大。特别是"山神子"这个词，如果土佐地区从那个年代就开始使用的话，可见山神子进城里并不是什么稀罕事。在四国[①]地区，"神子"被认为是侍奉神明的人，和天狗一样都是山神的使者，甚至可以说是山神的代言人。

---

①四国：日本南海道六国中的阿波、赞岐、伊予、土佐四国。

庆长时期到宽永时期是和平年代，土地资源开发热火朝天地进行着，其结果就是山地居民和平原住民之间有许多不为人知的冲突发生，而山人出没的报告也相当多。连尾州名古屋这样繁华的大都市也有消息传出，说是逮捕了来历不明的异族人。人们用粗绳索将其捆得严严实实，不承想晚间还是让他给逃脱了，幸好之后并未见此人回来报复。山人不同于仙人，几乎没什么智慧可言，他们总是在村子附近转来转去，无疑是在寻找食物或配偶。这种无意识的行为举止，与人人皆有所求的世俗之风完全契合，如此说来，山人和一般人并无两样。日向和越后传说中的山人，也是头发半白，可见山人也免不了生老病死等常人的烦恼和痛苦。

在名古屋捉到异族人的记录出现在《视听实记》第六卷，年份不详，大概是江户初期。摘抄如下：

饭沼林右卫门居广井。夜话而归，仆人谓，请君自南路归。南路为远路，怒问何故，答曰仆迎君归，见东光寺墙下立一小僧，望而生畏，故有此言。林右卫门笑曰，如此，吾欲一探究竟。遂行。果有一小僧，年十二三。问其寻物否，不答。欲捉之带走，然力甚大，无果。林右卫门亦大力者，渐制伏之，带至近宅。打骂皆不曾言一物，杖其亦不谓痛。无奈，欲待天明再行盘问之故，令缚于马厩处，晨起察看，已无其踪影。打骂间偶露一言“那”,故世人谓之“那小僧”。

山男逛集市的故事,在前面“五叶山猎人”一节曾提到过,各地也有不少谣传。其中,津村正恭在《谭海》中这么写道:

相州箱根有山男,隐居深山,裁树之皮叶为衣,以捕鱼为业。逢集市,携鱼至乡里换米。交易外并无多言,事毕则去。有人欲觅其踪迹而探其来处,然尾随至绝壁或道路尽头处,似插翅而飞,终不得知其住所。小田原城主谓,非作奸犯科之辈,勿以枪炮伤之,故无人惊扰。

所谓尽信书不如无书,《谭海》所言当然只是传说,也并不意味着真有一伙山人在小田原城下活动。原因有两点:第一,河鱼在海边是做不成买卖的;第二,若以树叶遮羞的形象出现,必被旁人视为怪,山人必不愿往。人群当中真有山人的话,最多不过一二人,且旁人已对他们司空见惯了,这一点可以从书中领会得到。

相传岩手县临海的大槌町,集市日总会有个操着浓重乡音的外地男子来买米,他人高马大,圆眼睛,皮肤黝黑泛光。人们猜测那男子是山人。其实在远离大槌町的深山里,现今依然有很多来自遥远国度的人在煤窑工作。因为语言不通,外貌相异，就把他们当作山人，这是伪人类学的做法。

最初集市之所以得以成立，皆因集市上常有新鲜的不知名的人和物存在，农民对之感到新奇、刺激。正如惠比须，因人们祭其为神，才渐渐发展为一种信仰。在信州南安昙的新田市和北安昙的千国市等地就有山姥来赶夜市买东西的传说。有人说山姥一出现就意味着人散市终，也有人相信山姥付的钱能带来好运气。于是，那些受利益所诱的市人甚至在集市上拼命寻找看起来像山姥的乡下老太太，这个画面想想都觉得有趣。为此，商人和山姥之间还有这么一个故事流传至今：山姥带了一个三合①的德利小酒壶来集市里买五升②酒，欺骗或嘲笑她的人被山姥施以惩戒，而老老实实按量往壶里倒酒的商人发现酒壶看似很小其实再多酒都能装下，就像个无底洞。那些诚实的商人因恪守规则做事而受到褒奖，财源滚滚而来，最终成了大富翁。这则故事和俵藤太取之不尽的宝藏等同宗同系，都是美丽古老的传说。

筑前的甘木，自古以来就有山姥会出现在乙子市的传说。乙子市是十二月的最后一个集市。据正德四年的《山姥帷子记》记载，天正年间，下见村富人大纳言的一位男仆将木棉花

①合：日本的体积单位，一升的十分之一。

②升：日本尺贯法度量衡制的容积单位。一合的十倍，斗的十分之一。

打包好，准备带到乙子市去卖，结果途中打了个盹儿，错过了集市；仆人醒来时发现袋子里的棉花已经没了，一块蓝黄黑白条纹的绢布静静地躺在袋子里。之后，这块绢布被当作山姥的宝贝，传世二百年。

借此机会不说恐再无机会，因此我想再讲讲那些至今存活于画家们天马行空的想象中的天狗、狸猫买酒的故事。往天鹅图案的酒壶或是木桶上添一笔，天鹅就会活过来，这景象虽说有几分现代风格，其实也由来已久。我曾试图推测相当于今日酒桶的酒葫芦盛行于什么年代。许由等中国有名的隐士不管是下棋还是饮酒，身边始终有酒葫芦陪伴，这当中肯定有什么民俗学上的理由，然而我至今未能揭开谜底。值得一提的是，传说中山人的生活里，也有从不离身的这类小物件，灵巧便利，被视作珍宝。由此可以看出，我们的祖先应该也是热衷于此的，仿佛可以凭此借助神力，于是想方设法要弄到一个，得到以后甚至当宝物一样供起来。

《落穗余谈》第二卷中就有这样的记录："骏河的山里不时有人看到巨人，巨人以鹿猴为食。久世太郎右卫门大人的故事集中也提及了此人。据说巨人外出时腰间必挂一物，有一个人找机会接近巨人并成功把东西偷了过来，回家一看原来是一个高丽茶碗。这个茶碗之后一直作为这家的传家宝代代相传。丙寅年八月，宇右卫门大人讲述了这个故事，甚兵卫大人听后，亦将故事转述给同席的客人。”故事中的茶碗与山姥的馈赠不同，是从山人身上掠夺而来的。那么，最初山人是如何捡到这些物件，又为什么特别喜欢它们呢？有关这个问题，即使我们不是小说家也不由得会展开遐想的翅膀——有可能是盗贼为躲避官府，在山中藏匿时留下的器物；也有可能是某个大户人家败落了，导致宅院荒废，山人游游荡荡凑巧走进庭院，看到闪闪发光的物件，就拿起来嗅一嗅、舔一舔——总之，人类的文明势不可当，连山人这个排外封闭的小社会也没能幸免。

我从旧交铃木鼓村那里还听过这么一件事。铃木是世家之后，家住磐城亘理郡小鼓村，故号鼓村。事情要追溯到一百二十年前，那时经常有个奇怪的老人来他家，平时基本不开口，要东西的时候才说话，叽里呱啦也不知道到底在说什么，倒像在念咒。吃饭不用筷子，两只手捧着碗埋头就吃，把长满胡茬的脸弄得脏兮兮的。他特别喜欢喝酒，不时会带一个能装下一斗①多的葫芦来，装满酒立马就走。身上的衣服已经脏得看不出布料和花纹了。他总是用石头把蛤蜊砸开生吃，为此大家都戏称他为蛤蜊仙人。也不知道他在哪儿住，有时要连着来个八九天，有时却两三个月都不来。老人回去的时

①斗：日本尺贯法的容量单位。一斗等于十升。

候也有人跟在后边想探明他的底细,谁知一进山里老人就走得飞快,转眼便没了人影。

小鼓村位于阿武隈河的河口地带,此地的山虽不高却连绵不断。某天早晨,蛤蜊仙人把自己的大葫芦挂在铃木家门口的柱子上后,就再也没有出现过。这个故事或许存在些许捏造的情节,但葫芦却是货真价实的,铃木家把它当作传家宝流传至今,据说葫芦口还镶了金,十分名贵。

我并没有轻视仙人的意思,不过这种程度的仙人,山男应该也能胜任。我长年受铃木家的恩惠,不应该说三道四,据我所知,最后悄悄把葫芦系在柱子上离去这么浪漫的事,绝非铃木家人所为。这个地区的山人和村民和谐相处,他们不会惊扰山中小木屋里劳作的村民,还常常到村民家中讨要酒食;反过来村民也很尊敬他们,类似的例子在接下来的“大仁城”一节中还会讲到。仔细想想,这其实也属于山人同化的一个环节吧。至于故事中的那个葫芦,说不定仅仅只是山人嫌葫芦太大了,偷偷从铃木家换了个更趁手的,也未可知。

二十七　山人的通道

我不知道当下那些挑战阿尔卑斯山脉的登山者们怎么做,但像猎人、樵夫等时常露宿深山的人会根据长久劳作积累下来的经验尽量避开那些可能多发怪异事件的地方休息。时常听到他们这样说：在深山谷底，走不通的地方是安全的，而山顶开阔处、通往山阴的湿地，深夜时分必有怪事发生。提到诡异事件多发地带，外行人可能会认为多在不能通行的谷底。可事实正好相反，在山的高处杂草繁盛之地，一旦见到模糊的像小路似的痕迹，经验丰富的山林劳作者就会避开，临时休息的帐篷决不搭设在此地。因为他们知道这里是山男、山女的通行要道。即使是国道、省道这类宽阔的道路，据说那些偏僻的没有岔道的路段深夜时分也时常会听到特殊旅人纷杂的脚步声。在山顶小屋居住的人也每每这么说。当然这有可能是误听，但是我们想一想也能明白，只要没有什么特殊情况，山人当然会选择更便捷的、宽阔通透的大路，这应该不会有错。

大约一百五十年前，在三州[①]丰桥町，深夜有人看到一个一丝不挂的大汉赤足沿着东海道[②]向东跑去。他的速度极快，在朝阳升起的时候就已经跑到了滨名湖[③]的对面。在丰桥人所著的《中古著闻集》中记载着有人看到这个大汉跳进水中抓鱼生食，方知这是个怪物。在众多有关与这种怪人相遇的记载中，仅有个别记载了他们的脸，一般都是人们在极为偶然的情况下看到的，据说他们都是面露惊愕之色。我想他

①三州：日本旧国名之一，属东海道，现爱知县的东部。
②东海道：指日本从三重县至茨城县的太平洋沿岸地区。
③滨名湖：静冈县西部，横跨静冈县滨松市和河西市。

们的恐惧与忌惮一定比我们更甚，因此，除非必要，他们总是藏身在树木繁茂处，谨慎地窥视着普通人的行动。

菅江真澄[①]所著《游览记》三十二卷下册中，“在北秋田郡的黑滝山迷路”的章节里做了如下记述：“行至大约山顶处，见隐隐小径横贯，吾心甚悦，笑言此处有路。向导闻之，笑答此山居山鬼，有路亦不可行。若行此道，将不知所至。”已故的伊能嘉矩[②]曾说过，在陆中远野地区，据说山顶的草地上有似小路的地方，也是山男的通行路径。露宿的人们一般都会避开那里。阪本天山老先生在宝历六年所著的《木曾驹岳后一览记》中记载：我要在半山腰处的松林中过夜，可那里的村夫和樵夫们都不赞同此事。我费尽口舌劝说，他们仍不同意，于是试问其缘由，方知当地人都认定此山的山脊处是天狗通行的道路，夜间樵夫们从不在此停留。于是我只好让村民们回到山坡处休息，自己则露宿于此。此外，我还听说在纪州的熊野地区，人们修建山中小屋时通常也会避开那些深谷中有路通往山的另一边的地方，往往会选择山势陡峭、不能通行的谷底。据说曾有人对民俗学家南方熊楠先生解释说，这么做是因为通透的峡谷往往被山人选作通行的道路。

---

①菅江真澄（1754—1829）：三河人，本名白井秀雄，旅行家、民俗学者。

②伊能嘉矩（1867—1925）：日本人类学者。

细思这其中也不无道理。不过,还有另一种情况我们也不应该忘记,那就是山人们好像有时也会毫不客气地使用人类新开辟出来的道路。秋田通往仙北郡刹和野的一处山岭,山顶处曾有一间茶铺。秋田的丹生先生在那里落脚小憩时,听茶铺掌柜的说他们打算要搬到别处。问及缘由,掌柜的说每至深夜总有山男从家门前经过,他们好像是要越过太平山往目目木的方向去,总是大声地讲话,还发出扑通扑通很大声的足音,令人不胜烦扰。这个山岭高处毫无疑问成了山鬼的通行路径,所以掌柜说他们不能长期居住经营下去了。

在远野,从城里向北约四千米处,道路在柏崎的松山脚下一拐,呈现一个丁字形,路口耸立着一座巨大的山神石塔。据说几年前的一天,有人独自走到这里时忽然听到不远处传来下山的脚步声,抬头一看,竟然是山神。这山神全身通红,眼露凶光。高大魁梧、赤身裸体的山神此时也面露惊诧之色,马上就闪身躲开了,那人当场吓得晕了过去。石塔就是纪念这个山神的,《远野物语》中也有关于这个故事的记载。虽然拥有敏锐感官的山人总能很巧妙地避开普通人,可偶尔也会像普通人一样,有疏忽大意之时。不过,这位山神大白天竟然还用人类开辟出的道路下山,未免太过疏忽了吧。

在安云的严岛,当地人自古以来就把山鬼当作天狗护法的别称。另外还有人因为山鬼也写作“三鬼”,就将其解读为数量有三个。

为守护神圣的御山[①],当地人禁止不虔诚的世俗人接近御山,并常常展示一些奇迹以警示无信仰之人,令其慎行,不做坏事。所展示出来的奇观多为寺庙回廊的地板上巨大的脚印,或是雪后清晨房顶上奇异的巨大脚印。在其他地方,天狗的笑声或“天狗倒”的声音等深山密林里的奇怪声音,以及意图不明的人声也被视为预警的奇异现象。因为听到这些声音,没有人不害怕的。秋田地区的山鬼最早似乎是山中怪人的总称,后来演变为仅指大平山上常住的山人,渐渐地也写为三吉大权现,如今俨然成了一个真正的神。佐竹家族很早就推崇山人,因为山人拥有出色的神通,特别了解捷径,能够快速行走,这些特点有利于在江户与领地间传递信息。现在沿途各地还有人认为三吉大人仍然在路上行走,会路过自己所在的地方,因此对之格外敬畏。

自古以来,很多民族都有敬神者须知道所拜神灵名号的习惯。于是,天狗被定位为超世俗存在之后,也就有了“太郎坊”“三尺坊”等名称。不过,截至目前这一点还从未引起过人们的关注。若是认真思考这些名字出现的原因,大概又会

---

①御山:现称弥山。位于日本广岛县廿日市市宫岛町的中央,海拔535米。自古以来就是人们信仰的神山。

找到很多新的答案吧。

二十八　三尺大草鞋

有关山男的草鞋,其实也有不少传说。山男一年到头都不穿衣服,奇怪的是世间却有很多关于他的鞋子的传说。更令人感到不可思议的是,这类传说在日本东部广为流传,尤其是在信州木曾一带。听说出羽庄内的山中,有樵夫把草鞋捡来挂在小屋入口的柱子上,不承想次日竟消失得无影无踪,可能是山男趁夜把鞋又拿走了吧。据《越人关弓录》记载,在上州等地,猎人、樵夫等在山中看到草鞋时都会有所畏惧,避而远之。

草鞋长三四尺,也称"山丈的鞋"。据《四邻谭从》的记载,信州川上村,位于信浓川水源地附近的山地中,人们更相信草鞋是山姥的鞋。传说山姥的草鞋是用弯曲的藤萝和树皮织成的,非常精巧。说到鞋大,好像没有三四尺就无法获得人们认可似的。然而,即使真有人长那么大的脚,估计也不会穿如此巨大的草鞋在山中行走吧。在需要经常翻山越岭的时代,草鞋别具风情,一般被称作足半,仅用草绳将脚的一部分裹住,而不是把脚完全包住。也就是说,草鞋只要把脚趾等最受力的部分保护好就可以了。

这类的传说如此夸张荒诞,应该是来自人们的幻觉,以为看到了，却转瞬即逝，无迹可循。这样的事情，其真实性有待考证。即使流传下来的传说内容详尽，甚至连各种各样制作草鞋的方法和材料都谈到了，但只要没有收集到实物并陈列到博物馆，就只能当其为传说。当然，传说也必须有根源，弄虚作假，大家是不会相信的。传说一般都是逐渐完善形成的。关于草鞋的传说当故事听听是蛮有趣的，只是整体被夸大了。陆中二户郡的净法寺村，有樵夫说在深山发现了用椴树皮做的大草鞋，按照草鞋尺寸来推测，仅作为原料的椴树皮就足足得七匹马才能拉动。由此可见，在流传的过程中，内容应该是被越传越夸张，而亲眼看见的人却越来越少，才有了这样的结果。

山男、山姥草鞋的传说和民间挂鞋的习俗应该联系起来考虑。比如浅草寺仁王门[①]上就挂着一只大得离谱的草鞋。现在各地名为“沓挂”的街道上，通常都会有所谓“道神之木”等古树，树上挂有很多古时通行之人的鞋。有的地方还有把草鞋从下向上掷以占卜的习俗。就像中国人敬鲍鱼为神一样，被挂在树梢上的草鞋，毕竟有些不同寻常，由此逐渐演变为神，受人祭拜。

因山神不喜人们带走灵山中的土，有些地方至今仍然保

①仁王门：现浅草寺宝藏门。

留着把登山时穿的鞋留在山脚下的习俗。甚至有地方进山时必须脱掉鞋子。不过,流传最广的还是人们向诸神供奉新东西的习俗。据说山神是“一只脚”,因此只需供奉一只大鞋即可。相传灶神原本就是马或总是乘马而来,所以会供奉新马沓以祭灶神。其根源或许和绘马[①]等一样,都是在请神和送神,原有暗示神何时降临何时升天的寓意在其中。不过,信仰总是渐渐变化的,比如人们最初在路两旁和十字路口等地放上大草鞋,动机很清楚,就是为了辟邪。不知这个习俗始于何时,村民们这么做是想警告那些不了解情况的鬼怪、瘟神,警告他们村里有可以穿这么大鞋的人,别小瞧了我们!对付敌人,即使用骗术,也是正义的。所以草鞋的传说流传至今我们依然是相信的。据说在海的南边小岛上,还有随潮漂来大草鞋的传说,听起来就不由得令人肃然敬畏。这大概是更早的古老民间习俗,是己所不欲,“逆”施于人吧。

因此我们又有了第二个假想。也许山人的大草鞋根本不是要自己穿的,是为了威吓世人特意做大的,并且一定要把草鞋放在容易被人类发现的地方。不过,从他们的举止我们并不能看出山人有如此机敏的才智,如此高估他们的推测至今

①绘马:为了祈愿或还愿而向神社献纳的带有绘画的匾额或画板。多用绘马代替向神社献纳的活马。

也无法令人信服。那些在深山中享受平和生活的原住民，他们觉得猎人、钓鱼人、樵夫、矿工、登山游客等打扰了他们的清静，产生阻止这些人进山的想法，这一点我们也能体会得来。于是，就有了上面一个个的故事，由此慢慢形成某种约束力，最终以宗教的形式流传下来。这种演变过程，任何一个民族都是一样的。

以旁观者的角度看，这似乎就是一方的自问自答，根本不是在一方让步获取另一方满足的基础上形成的。深山中经常发生怪异事情的地方，我们习惯称之为魔所或是灵地，不敢侵犯。这自然就成了保护原住民的一种屏障，把这理解为结果或原因，其实都讲得通。通常，对强行入山者的制裁是多样的，且主观色彩很强。人被扔到空中，劈成两半，再狠狠摔下来，当属最残酷的一种。此外，有人把莫名其妙的摔跤致伤致死也看作是神灵的惩罚；永远地被神隐，让父母兄弟悲伤不已也位列其中。总之，人们总是将日常生活中一些无法预知的灾难归结于此，这已经成为山民们的信仰了。

除此之外，还有很多预警之类的现象。比如，深夜时分不知从什么地方啪啦啪啦有石子飞来，打在山中小屋的屋顶和墙上，人们把这称作是"天狗的飞石"，解释为山人不喜欢我们打扰的意思，多半会迅速离开。仅飞石而言，其实猴子也干得了，又或许只是山人在嬉戏玩耍而已。人们不知道这只是一个信号，也有人因此受伤。像飞石这样奇怪的事在城市中也时有发生，或许还有别的什么不可知原因。至于脚步声和笑声，也只是人们偶然间听到后感到害怕而已。要证明这些都是有预谋的，绝非易事。特别是“天狗倒”的声音，我甚至怀疑那巨大的声响到底是不是天狗弄出来的。也有地方认为这是狐狸的恶作剧。本就是无迹可循、类似幻听的事，要断定何人所为，几乎无从下手。

夜深人静时，从前面的山上传来大岩石滚落的声音，又或是梆梆梆斧头的声音，紧接着便是大树被砍倒时震彻山谷的巨响。天亮后人们前去确认，却发现晚上传来声音的地方连草叶也没有乱。故事的内容基本都是一样的。像这样的事情反复发生几次后，人们便开始觉得不安，认为这是山神发怒了，把这个山谷看作是“不祥之地”，今后尽量避而远之。即使是众人同时听到，但幻觉终归是幻觉，也可能乙是受了甲的影响，也许丙听到的声音才最真切，也未可知。东京附近的街道深夜锣鼓喧天，或是广岛等地流传的所谓吧嗒吧嗒跑的怪声，这些声音有可能只是人们初次听到，因此留下了异常强烈的印象罢了。就像刚有铁路时，人们第一次听到火车汽笛声，还以为那是狐狸发出的，之后每每想起都觉得不可思议，这样的例子多得数也数不清。人们把这些偶然的怪异现象和山里的生活联系起来，将原因归结于神龙见首不见尾的山人，其实，这都是我们的想象力使然呀！

如果把这些也纳入实例的范畴，和那些亲身体验过的事例一样看待的话，那故事太多了，说也说不完。不过，留两三个例子供后人研究，我觉得还是有必要的。

《白河风土记》卷四：

鹤生（福岛县西白河郡西乡村大字①）深处高助山上，一个住在炭窑里的人说时不时会听到鬼魅的怪声。那鬼魅被称作伐木坊②或小豆磨③。伐木坊在夜半时会发出砍树和树木倒下的声音，第二天去查看却没有任何痕迹。小豆磨则在深夜走近烧炭窑，弄出磨豆子的沙沙声，出去查看也同样什么都没有。故得此名。

《笈埃随笔》：

走在路上被石头砸中的话，当地人说那是天狗在提醒你挡了它的路。每座山上都有属于山神的森林，而大树茂密的地方就是山神的道路。有个人叫佐伯了仙，生于丰后杵筑，后居于京都。他说自己住在乡下的时候，曾和两三个朋友约着一起去山里打

---

①大字，日本市町村内行政区划之一。
②伐木坊：日本妖怪名。
③小豆磨：日本妖怪名。

野鸡。走到半路，突然有石子从路两边飞来。最初他们以为这次在劫难逃，惊恐万分。还好有一个朋友明白这是怎么回事，他让大家保持冷静，坐在地上不要说话。只见石块在巨岩的上方飞来飞去，发出嗖嗖的声音。过了好一段时间，飞石才停下来，大家立刻起身离开。听那位朋友说，虽然过去还没有人被飞石打中过，但被打中的人一定会生病。而且遭遇飞石的话，就绝不能再狩猎了，即便现在返回路途遥远，但今夜就一定要尽量往回赶。于是，一行人第二天早上两手空空地回到了家。

《今齐谐》卷二中有记载：

加贺金泽的筱原庄兵卫，一次进山，走到人迹罕至的溪流边，发现水畔芦苇异常茂密，从河的对岸还传来了很多人的谈笑声。筱原觉得奇怪，想去看个究竟，但因为隔着河水自己不能去对岸，就想让狗先过去，狗却不愿向前。于是筱原抓起狗的四肢用力把它抛向对岸，没想到狗竟然立刻又被扔了回来。筱原见此大惊，抱着狗就回家了。回去不久狗就病了，虽然进行了医治，但很快就死了。

《北越奇谈》记载：

神田村有个人名为鬼新左卫门，好杀生。距村里十余町[①]的深山处有一个神社，神社下的溪流里有很多水鸟。村里人总是相互告诫不能去那里捕鸟。对此，新左卫门置之不理。下雪天，他一个人去那里捕了许多水鸟。一天夜里他又去了，却什么也没捕到。天快破晓时，突然听到有人踏雪而来。新左卫门从他住的小屋往外窥去，只见屋外站着一男子，身高一丈有余，垂发蔽目，手大如簸箕。那男子一把将新左卫门住的小屋拿起远远抛出，新左卫门顿时昏了过去。第二日，新左卫门的妻子不见丈夫回来，就请求村长带人搜山找人，最终在隔了两个山谷的北边的雪地中发现了昏倒的新左卫门。

接下来这个故事也发生在越后，是村子里一位名叫会津八一的老人讲的。妙高山的山谷里有个富产硫黄的地方，但因相传是天狗所有，至今无人敢去开采。前年，中颈城郡板会村大字横町的何右卫门盯上了这些硫黄，带了些工人进山去采挖，并在山谷修建了临时居住的小屋。白天工人去采矿，晚上回小屋休息。一天深夜，突然传来震耳欲聋的响声，小屋也剧烈地晃动起来，好像随时都会垮塌。何右卫门和工人们都

①町：日本的一种面积单位，1 町 = 10 反，约 9917 平方米，约等于 1 公顷。

被弄醒了。深夜时分屋里太冷，大家正准备先点火驱一下寒，不承想门口突然出现了一个赤面白衣的巨人。大家都很害怕，缩到角落，蒙在被子里向外偷窥。只见那人大步走进了屋内，可是之后发生了什么事大家都没有记忆了。天亮后，工人们发现何右卫门的脸朝后，被人拧断了脖子，身体已经凉透了。据说即使是现在，只要有人进山谷后想要捡一片硫黄，山顶上定会传来大声斥责的声音。人们都怕被拧断脖子，因此那个山谷至今都无人敢去。不仅如此，如果有人在这个村子说什么世上没有天狗之类的话，村民们也一定会给他讲何右卫门的故事警告你。当时和何右卫门一块儿进山的工人还有活着的，这个故事有很多人都是从那位老人那里直接听到的。

二十九　脚印的信仰

自古以来人们就认为山人体型高大，把山人称作巨人的说法也盛传已久。既然称他们为巨人，自然少不了各种令人瞠目的民间奇闻为其佐证。传说有人见过参天大树的树皮被山人剥落的痕迹；有人在茅草丛里看到过山人，说一人多高的茅草只和山人齐腰；还有人说山人能一步跨过山里小屋的房顶，巨大的响动能让小屋颤动。不过，也有另一种说法，认为山人的体型和普通人相差无几，只是略为强壮。还有传说没有具体描述山人体型的大小，只说无人见过身高低于一百八十厘米的山人。相对而言，后面这种说法更显真实一些，相关记载也有不少。虽说各种传说都让人难辨真假，但细想来山人毕竟不是蘑菇之类的，怎么会长得参差不齐，大小各异？由此可见，这些所谓山人的传说大都是人们道听途说又夸大其词后的产物。

还有一类是关于山人脚印的传说，山人的脚印往往出现在雨后的泥地或雪地里，脚印之大令人咋舌。有的脚印前后相隔甚远，可以看出山人的步伐应该相当大。甚至有人由此推断：可能真如历代所流传的那样，山人是用一只脚跳跃行走的。毋庸置疑，所有这些传说都缺乏精确的描述，所以可信度不高。但既然一开始就有人认为巨大的脚印是山人的“杰作”，想必其中一定有什么缘由吧。

日本自古以来就是一个崇拜伟人脚印的国度。在这里，无论是神明、佛祖、菩萨，还是英勇善战的武士或是得道高僧，大多都会在岩石上留下不朽的印记，以供后世缅怀。山人思想的宗教化历程中可以清晰地看到这样的印记。例如统一国土这样值得纪念的历史大事件，我们的平民祖先不是把功绩全部归功于远古时代的大神，那些跟随在地方神身旁、宣传神德的随从小神或者巨人也被赋予了相应的名号，和遗迹一同被保存，或以口口相传的方式流传下来。即使知道巨人只是住在山中的异类，人们依然会对之怀有因畏而生的敬仰之情，从而去祭拜那些附有神力的巨人留下的遗迹。

在日本东部各县人们称山人为巨人。传说中，有关巨人体型之大的说法各异，令人瞠目。这其实正好佐证了一个事实，即真正亲眼看见的人越来越少，更多的故事都是道听途说。时至今日，虽然已很难确认实情，但我有责任把我所收集的各种纷纭传说记录保存下来。

一　陆奥、出羽二国分界处有山曰吾妻山，山气缥缈，传闻深山处有山人。山人高一丈五六尺，以树叶遮体，不笑不语，时而出入村民家中。村民敬山人为神，以酒食待之。山人不食，悉数带走回归山中。村中偶有孩童戏弄山人，亦不动怒危害村庄。（选自《今齐谐》卷四）

二　上野有山曰黑龙山，山中有寺曰不动寺，其庙宇建于地势险恶的深山中。传闻此地怪事甚多。山中有谓之山大人者，为山中之主。寺庙僧人每年与其偶遇二三，见其席地而坐，其膝高三尺许。偶见其足印长五六尺，一步六十尺有余。（选自《日东本草图集》）

三　高田有木匠名为又兵卫，受雇于西山本。一夜因急事独自一人赶山路回家，不想在陡峭的山路拐角处与山人相遇。山人赤身裸体，身长八尺，头发垂肩，目光如炬，其时正手提野兔，轻盈地向这边走来。木匠惊慌不已，愣在原地，山人亦露惊慌之色，停下了脚步，随后一言不发飞快地横穿山路登山而去。（选自《北越杂记》卷十九）

四　传闻飞騨山中有巨人，身长九尺，以树叶遮体，未曾有人听过山人说话。一日，一个猎人为寻找更多猎物行至此山深处，却不期与山人相遇。只见山人健步如飞，正朝自己奔来，猎人躲藏不及，情急之下，拿出果腹的饭团放于掌心递给山人，山人接过饭团吃下，竟露出无比喜悦的神色。大概因为山人生长于深山，从未吃过像饭团这种人世间的食物，为报饭团之恩，山人很快在山中猎杀大量狐狸和獾送给猎人。猎人为自己的不劳而获高兴不已，遂每日必来山中用饭团和山人交换猎物。邻居另一个猎人对此起了疑心，欲暗中观察其中奥秘，深夜时分率先跑进打猎的深山中，与山人不期而遇。邻居猎人误以为遇到鬼怪，害怕不已，慌乱中填上子弹，朝山人开了枪。山人中弹后落荒而逃，猎人也匆忙跑了回去。第一个猎人听闻此事，心觉不妙，于是来到大山深处寻找山人，登上一座山顶后，猎人终于看到受伤的山人俯卧于谷底，身旁还有同类似乎在照料他。猎人不敢靠近，担心山人会将这一弹之仇报复到自己身上，终日害怕不已。后来猎人对人提及此事时，说道山人可能已经死了，随后，这个异闻便口口相传下来。细井知慎[①]曾感叹道："深山中竟居住着如此神奇之人！"（选自《视听草》第四集六卷所录"获生往来手记"）

崇拜巨人脚印的事例并非只出现在中国古代神话故事中。我从小田内敏君[②]那里就听说过这样一件事情：秋田市的楢山住着一个姓丹生的人，因喜好采集，常去各地游走。有一年，此人来到仙北郡神宫寺山，借宿于山脚下村庄里的一户人家，发现这家人的神龛上放着一个装有少许沙砾的纸袋。他感到不解，就向这家主人询问，主人便将缘由一五一十地告诉了他。事情就发生在不久前，那天，这家主人来到山脚下的雄物川岸边割草，突然间山上发出巨大声响，主人朝声音传来的方向望去，只见有个庞然大物正以迅雷不及掩耳之势朝山下奔来，他定睛一看，认出此物正是传说中的山男。主人害怕不已，立刻躲进了身边的茅草丛里。事后，主人跑到山男刚才

①细井知慎（1658—1736）：即细井广泽，江户时代中期的儒学家、书法家以及篆刻家。

②小田内敏（1875—1954）：大正与昭和时代的地理学家。

经过的河滩，发现上面留下了巨大的脚印。由于此事实属罕见，主人跑回村子，把村民都叫到河边来，所有人看到巨大的脚印后都惊叹不已。出于对脚印的崇拜之心，每家人都取了脚印中的一些沙砾带回家，供奉在家中的神龛上。

此外，各地有关雪地里的脚印的传说也不胜枚举。下面我来列举其中几个。

一　远州奥山乡有山曰白鞍山，浦川河从此发源。进入白鞍山，翻过最高的山头，继续向山中行大约四里，遂到人迹罕至之地。传闻有神人居于此，俗称山男。观其雪地中的足印，可知其体型庞大。见过山男之人皆早逝。（选自《远江国风土记传》）

二　在骏河国安倍郡腰越村，有人曾在山中的雪地里发现巨大脚印。传闻足印长三尺，前后两个足印间隔达九尺。脚印沿着小路持续约三里。村前有条小河，据说离小河对岸十几尺远的地方也出现了脚印，似乎脚印的主人只一步便跨过了小河。人们称之为山男，其粪便更是异常罕见。据说因为山男好食篠竹，因此他们的粪便中能看到竹叶。上述村落皆位于大井川上游。故事系府中江川町三阶屋仁右卫门所述。（选自《甲子夜话》）

三　小虫仓山神社供奉着虫仓明神，传说其为坂田金时[1]之母，故此神社又名阿姥明神社。山中有两个大洞穴，乃山姥居住之所。近年来，有个山里的僧人住进其中一个洞穴，山姥对此心生厌恶，从此远离此地。据说在这之前，人们曾在雪地里见过巨大的足印。（选自《信浓奇胜录》卷二）

四　文政年间，农人接官府命在高冈郡大野见乡岛的山中种植香菇。一日，人们惊奇地发现雪地中有许多巨大的脚印，且脚印只有左脚脚印，或只有右脚脚印，脚印间隔约十尺有余。故山人又称“一只足”。此地常见之，香美郡也曾出现过。（选自《土佐海》续篇）

在土佐国山人又被称为山爷。人们认为山人不仅是“一只脚”，而且还是“一只眼”。纪州也有类似单腿怪物的传说。传闻在纪州熊野的深山中，常有叫作“独脚风箱怪”的怪物出没，后被一名勇士降服。其他府县也流传着不少关于独脚怪的传说，这当然不是单凭雪地里的脚印推断而来的。也就是说，在一些具体事件发生之前，民间就早有类似传言。虽然这些传说中存在人们的迷信，但从侧面起到了一些佐证的作用。

---

①坂田金时：平安中期的武将，据说是源赖光的四天王之一。民间传说他是山姥之子。

很早之前，巨人的脚印也曾令我们的祖先深感震撼，不过脚印并不是出现在雪地里。据《越后野志》卷六的记载，信浓国的户隐，常常能在大雨后的旱田里看到长达二三尺的脚印；在越后国的苗场山，雨后登山也可见山人一尺多长的脚印。《西赞府志》卷五十一中记载了一个传说故事：在播磨国揖保郡黑崎的荒神山中有座古坟，相传是荻原孙三郎的坟冢，坟边有一座石头神社。嘉永初年，有个人在这附近开荒造田，不承想一天夜里田里留下了巨人纷沓的大脚印。这家人为此受到惊吓，全都变得疯疯癫癫。山中共古[①]先生在《仙梅日记》里也曾说道，一次他去骏河国的梅岛和仙俣游览时，一个引路者告诉他在雪地里不时会有山人的足印，长约二尺。门野对面的山中还有一块印着山男脚印的岩石。山男踏在岩石上，留下一个深深的脚印，其怪力由此可见一斑。

正是出于这种敬畏之心，人们才认为永存在岩石上的印记的主人非巨人莫属，不过实地考察后可以断定，这些基本都与山人无关。巨人脚印的传说早在奈良时期的《常陆风土记》“大梳岗”[②]一节中就有相关记载。巨人倚坐在绵延的山

---

①山中共古（1850—1928）：日本民俗学者，著有《仙梅日记》。

②大梳岗：《常陆风土记》中所记载的贝冢，即由古人食后丢弃的贝壳等堆积而成的遗迹。

丘上，捕食那些吞云吐雾制造海市蜃楼的大蛤蜊[1]，足印长四十余步，宽二十余步。《播磨风土记》一书中“多可郡”一节中也有类似记载：有巨人徒步从南海走到北海，途中留下的足迹形成众多池沼。在此，我们不得不思考一个问题，会不会在我们祖先的信仰中原有附有神力的庞然大物，名为巨人，是我们后人误把巨人当成了山人呢？如果真是这样，那么我们一定是把对这些脚印的敬畏之情，也一并转移到山人身上来了吧。前文提到的羽后国的农民把山人踩过的沙砾供奉起来的事件，也许可以理解为山人史走入末期的一种征兆，加之事件模糊不清，反倒更为山人的传说蒙上了一层神秘面纱。

现如今，山人足迹数量最多的地方当属中国地区，四国、纪州等次之，这些地区出现过山人脚印的地方加起来多达数百处。但山人脚印绝不仅限于这些地方，而是零星分布于全国各地。有人认为这些神奇的脚印是鬼怪的杰作，也有人认为出自著名的巨人大太法师[2]。关东一带流传的大太法师的故事大多包含脚印的传说。东京近郊现如今还有几处脚印遗迹。

总的来说，全国的脚印遗迹大致可以分为两种类型：一是

---

①大蛤蜊：日本及中国神话传说中曾出现的生物，据传海市蜃楼为大蛤蜊吐出的气所形成。

②大太法师：日本传说中巨人的名字。

像骏河国仙俣的脚印那样，印在石头等坚硬物体上，这些脚印的主人不仅仅是山人，像历代骁勇善战的勇士辩庆、曾我五郎[①]也被认为是脚印的主人，因此这类脚印通常都不大。而另一类脚印则大得离谱，因此自然也就只能“归功”于鬼怪神灵了。

距东京不远有个京王电车的代田站，传说大太法师修建的桥就在这附近。大桥偏东南的方向有一个巨大的足印，面积足有三公顷，脚印处本来是一大片杉树林，如今好像已经被改建为文化住宅[②]区了。脚印的足跟处有地下水汩汩而出，旁边还有一座祭拜用的小神堂。此外，东南方向还有两处同样巨大的足印，其中驹泽村的那个要更大一些。上述三个地方都是形状酷似脚印的洼地，皆因地下水喷出导致地面下陷形成的。上总国的鹤枝村也有两处大脚印，分别在一条小河两岸的山丘上，只是其中一处已经崩塌。另一处面积大约一公顷，周围都是林地，唯独这块脚印形状的土地上种着麦子等农作物，当地的土籍簿对此有特别记载。甲州信州地区巨人的脚印也大多是独立的沼泽湿地，虽然也有例外，但地形皆不同于周围，大致呈脚印状，因此被认定为巨人留下的脚印。

①曾我五郎：日本镰仓初期的战士。
②文化住宅：大正至昭和初期兴建的有现代感的西式住宅。

传说巨人背着富士山欲将其迁往别处，巨人欲一夜填湖，途中从筐眼儿溢出的土块形成了某某山、某某冢的故事全国各地都有。这基本上是自古就有的神话传说的一种模式。值得注意的是，这些传说竟然都与水利、土木等建筑工程有关，劈山引水或是为人类开荒造田，这些内容都让人禁不住联想到开天辟地的神话。可以肯定地说，这些传说一定流传自相当遥远的古代。加贺国的巨人足印遗迹最具代表性，共有三处，一处在东边越中栗壳山的打越；一处位于河北郡木越的田地里，据说那里是光林寺的旧址；还有一处是在能美郡波佐谷的山坡上。也就是说巨人三步就横跨了加贺国。这三处脚印纹路都非常清晰，甚至可以看出脚趾的轮廓。也许脚印下是岩石的缘故，位于田间的三处足印处皆寸草不生。此外，位于壹岐国分郡初丘的脚印遗迹也很有特点。脚尖朝北，足印长二十余米，宽十余米，脚跟处宽约四米，人们称之为“大之脚印”。相传很久以前有个名叫“大”的巨人，从九州出发，欲跨越对马国时，一只脚踏在中间的壹岐岛上，于是便有了今天这个脚印。脚印处微微凹陷，有地下水流出。据《壹岐名胜图志》记载，这附近有不少这样的地方。

巨人在九州南部被称为大弥五郎，或大隼人。关于他们的说法五花八门，有的说他们是八幡神社里神明的随从，有的说他们是被神明降服的恶贼，众说纷纭，没有定论。人们一方面对巨人造山填湖及其巨大脚印的传说津津乐道，另一方面，又会在节日祭典时拉着巨人人偶四处游街，驱灾避祸。其实，隼人是对当地原住民的统称，既然把远古时代的归顺原住民称为大隼人，那么一直以来传说中的山人有巨人这样的别称，其中也一定另有原委。不过，这个问题越深究就越复杂，在此还是先告一段落吧。

三十 日本文化史未解决的问题

这项研究到此还不能画上句号。那些奇异现象对大山周边人们的宗教生活影响之强烈，是我最初尝试着进行论证的，遗憾的是，相关资料尚不充分。今后，潜心研究的人还有很多未知的东西可以发掘。不过，目前唯有一点是大致可以断定的：山人的有关事例对中世以后天狗思想的进化作用显著。山人不单单是目光如炬、通体赤红、身材高大，他们身上还有着少许极其平凡的人情味。信仰佛教的人视其如恶魔，其实他们却是有情有义，与普通人若即若离，情绪也时而喜时而怒，开心时甚至还会侠义地对我们施以援手。我认为这些应当不是纯粹空想的产物。

偶有天狗被普通人残酷击败的传说。天狗神通广大、富有千变万化之能，却因不经意间被杉树皮弹到鼻子，就以为人心不可测，从此惧人三分。这类传说至少可以成为人类与天狗有过平等交往的证据。用欺骗的办法对付天狗，天狗也不为惧，如此想法乃我们处世之法宝，亦可激励我们。自己吃笋，却切碎竹子烹煮让对方吃，或者把白色卵石用炉火烧烤后给专为年糕前来的山人享用，令山人落荒而逃，诸如此类以计谋征服山人的故事广为流传。火的美感、谷物的味道，这些都是以山人命名的这个岛国的原住居民几乎永远被夺走了的幸福。山人不时爆发的愤怒，或者极端粗暴的抢掠、面对诱惑时的畏惧等行为其实体现了山人长久以来积攒下来的不安感。这才是古老传说的核心所在。与之相关联的土地神灵信仰也具有鲜明的特色，对这个民族历史进程所起的推波助澜的作用不容忽视。

最后还有一点必须赘述一下。各地都有村民与山人亲密交往的故事，人们除了请天狗成为名山灵刹的佛教守护者，作为寻常百姓的人家，偶尔还会接待这些贵客的到访。这类例子有很多，其中最为著名的是加贺市松任的年糕铺的故事。记得越中的高岗也有非常相似的传说，至少在当地人的传闻里，宣扬受到天狗恩惠的人家有很多。这些事情在现在说起来貌似有广告的功效，在当时却绝对不是可以轻松一笑的事。

天狗来访的那天往往是有前兆的，或是提前约定好的。一家人须谨慎从事，打扫干净房屋，不让人随意靠近，保持肃静，出入、起居和饮食皆不敢窥，待之如其他神灵一般尊敬。

天狗可以预报灾害、指点祭拜礼仪，因此有迷茫、苦恼之人欲借其力以求神谕，便不难想象了。若得机缘巧合，甚至可以像建久八年的橘兼仲一样，成为修行者僧风靡一代，或者像近世的野州古峰原一样跨界成为一派信仰的中心。而且连接阴阳两界的无比重要的宝物也不是什么稀奇物件，只是豆沙年糕而已。说到这里，我心中不由得暗暗对本土宗教起源论的研究者付出的辛劳感慨万千了。

在那个把神人格化的时代，食物在生活中的重要性远远大于今天。认为世上没有比年糕更美味的食物了，有如此认识的凡人们便将它毕恭毕敬地献给神灵，以期获得神灵的欢心，而且在日常生活中不时还真有相关事件发生，足以证明自己的这些推测。我们无比敬畏的山人也喜欢大米，尤其喜欢年糕的香味，以年糕为媒介与之交往的传说，虽然只是传说而已，却广为流传至今。认为这些故事庸俗不雅的学者们，尽管去谈论你们高贵的高天原①，下界平民的信仰是怎样发展并完成的，就由我们自己坚持探究下去吧。

前面提到过一个叫"陆中净法寺"的村子，就是那个用七匹马驮的椴树皮做草鞋的传说发生的地方。相传同村有个农

①高天原：日本神话中所说的天上他界，本来在《古事记》神话中，指八百万众神所居住的天上界。由天照大神统治，与"根坚州国"和"苇原中国"相对而言。

夫去山里的途中遇到了山男。山男好像没见过年糕，很想吃的样子，于是农夫便分与他吃。山男很开心地吃完后问道：“你家里垦田吗？要是还没垦的话，你在某月某日将三升年糕放在田埂上即可，我来帮你垦。”约定好的次日清晨，农夫去田间查看时，放置的年糕已无，而田却被垦好了，大大小小的田间一平如整。从那之后，农夫与山人就成了朋友。后来听说农夫每次上山都会被山人催着要年糕吃，为此苦恼不已。也有传说讲，山男曾屡次告诫农夫说：“我是一个很善良的人，但山婆婆是坏家伙，千万小心提防。”这大概是六七十年前发生的事了（《乡土研究》一之九，佐佐木君，下文同）。此地传说中的“山婆婆”非常恐怖，那些鬼婆和天之恶鬼[①]做的坏事，在这个地方大多成了这些山婆婆的恶行。

另外在闭伊郡[②]的六角牛山也有类似传说。青笹村的某个人进了山，他刚把椴树的树皮剥下，就看见一个七尺余高的男人立一旁。只听男人说：“我来帮你干吧！”随后就像剥葱一样轻松，转眼间就剥下很多树皮。然后他指向旁边火上正烤着的年糕，征得同意后毫不客气地全部吃光，又问村民来年的今天是否再来。村民因担心会有灾难降临，便回答说不来。

①天之恶鬼：民间故事中的恶鬼。
②闭伊郡：位于日本岩手县。

于是山男又说:“如此一来,你某月某日夜里把三升年糕放到你家院子前,我会给你拿来够一年用的椴树皮。”果然,第二年在约定好的那天半夜,外面传来了大行李扑通落地的声音,据说山男送来的椴树皮大约需要两匹马才能驮动。从那以后每年的同一天,这人家的院子里都会发生这样一场“无言的交易”。但不知为何,从现在的一家之主还很年轻的时候起,虽然年糕照常供奉,却再也不见山人拿椴树皮来。

《津轻旧事谈》引用了《弘藩明治一统志》的一部分,记录了鬼泽村里一个叫弥十郎的农夫与岩木山巨人友好交往的故事。有传闻说他后来也变成了巨人,不知去向。弥十郎最初上山去砍柴,偶尔的机缘和巨人有了交情,白天陪巨人摔跤,然后空手而归。到了半夜,家里的后门处总会堆放够两三天用的柴火。此外,也有其他不同版本,有的说巨人帮助弥十郎开垦新土地,也有的说弥十郎借助巨人之力从赤仓谷里引水来灌溉村里的农田等等。总之,一些保留至今的、相当有难度的土木工程以及逆向引水的传说,均被归功于巨人的援助。此村的村名“鬼泽”以及当地的神社名“鬼之宫”应该也是源自这些传说吧!

听说此地有神力之人辈出,也因为有巨人镇守的承诺,这个地区的人五月端午节从不插菖蒲避邪,春分也从不撒豆驱鬼。虽然目前我们很难确定这些是不是真的都与巨人传说有关，但坚持永不使用这两种东西的习俗，至少可以证明这些传说绝不是近代杜撰的杂谈奇闻。听说巨人是因为被弥十郎的老婆看到了，之后就没有再来，这其中似乎也是有什么隐情吧！听说当时巨人留下做纪念的蓑笠和铁锹由鬼之宫神社的藤田家代代相传，想来这藤田大概是弥十郎的旁支后裔吧！《糠部五郡小史》里记录了南部①地区三户郡荒泽地产有从先祖继承下来的山男使用过的木臼。虽然对山人使用木臼捣橡果食用的传说的真伪有所怀疑，但至少我们可以深信，人们曾经是与山人交往过的。

津轻地区，只留下了和山人一起玩相扑的故事，并未提及年糕的事。而到了秋田这边，便将这两件事结合在了一起。接下来要讲的故事还是源自小田内通敏先生。相传居住在五城目郊区一个以砍柴为生的樵夫谙熟乡间相扑，某日樵夫砍完柴准备背柴回家时，突然出现一个山男，挡住他的去路，邀请他来场相扑比赛。于是，他放下扁担，与山男进行了一场力量的较量，第一局樵夫将山男摔出获胜，还得到了山男的赞许；第二局时樵夫想尽快回家便故意输掉，不承想山男并没有就此作罢，反倒让樵夫等等，紧接着便带来了两三个同伴与樵

①南部：日本旧时以盛冈为中心，地跨岩手、青森两县的南部氏领地。是马、铁壶等的产地。

夫继续较量。同样,每一次都是一局赢一局输。由此,樵夫与山男结缘,之后经常见面一起玩摔跤,并约定某月某日去樵夫家里做客。山男要来的那一日,樵夫遵从山男的指示把家人全部支到外面去干活,捣好年糕款待山男,几个山男吃完了一斗年糕,开心地玩了一整天。刚开始还好,可之后山男常来,每次总是这样,甚至还要喝酒,还要这要那,终于樵夫难以忍受,郁结于心,久病卧床不起。村民见此情形,便纷纷传言和山男交往对自身没有好处等等。

对此我暗自揣测,如果樵夫有年糕店老板那样的机智,应该不会落下神经衰弱这样不好的结局吧!人们常说巫术者一旦结缘便永不可断,如若信仰之心淡薄,想放弃一直信奉的神灵,采取一般手段是很难实现的。自古以来就有把白色的小石子当年糕糊弄山人,或用烧烫的石头攻打怪物的传说。于是,人们将这两类故事糅合在一起,因为实在受不了山人每晚都要来吃年糕,于是把白圆石当年糕放进地炉中烧,然后淡定地给山人吃,看着山人口中喷火仓皇逃去。之后,人们也因此遭受报应,洪水泛滥。编年史就有相关记载,曰“白髭水”。这一类始于善意、终于无奈的绝交的传说很多地方都有,从中我们也许可以看出人们的信仰在一点点发生着变化。

与山男结缘始于相扑,其实这并不是偶然现象。现今中部以西的地区流传的河童故事中,河童想与人摔跤仍是必不可少的内容。土佐地区有一种妖怪叫芝天狗，举动和河童基本相似。外形似孩童，没有什么力量，如果胜之则不断邀战，烦闹不堪。若故意输之，则开心地哇哇大叫，唤来更多伙伴，要求继续比下去。在九州这样的传说也广为流传。据说如果被这种难缠的对手挑战，便不得不彻夜与之角力，直至发疯方止。但是，他们却不像狐狸那样骗人。河童也罢，别的妖怪也罢，人为什么会和他们开始这种目的不明的交流活动呢？为此，我们有必要追溯一下相扑的历史。

朝廷的相扑大会每年七月举行，是古老的节日之一。它既不是唐朝的模仿产物，也不是皇室专属仪式，大概是中央文化形成的某一阶段，采纳了民间风习，进而成为国技的。这一点，我们通过每年从各地征集力士的相关进贡事宜便可知晓。也就是说，民间相扑的起源更早一点。在佐渡，代表各村的相扑选手的名号世袭传承的习俗延至今日。在会津的新宫权现神社，庙会当日肩负村庄使命的力士会进行比赛，相传获胜的村子一年都有好运，骑马射箭等活动也是同样。也就是说，诚心祈祷，获取神力，不仅可以在部落间的角力中得胜，还可以预示运势的强弱，这一切皆被归功于祖先圣灵、本地守护神的威力。因此，人们畏惧信仰不坚带来的伤害。

随着时代的进步，民族宗教也归于统一。小区域的敌忾心虽然已无意义，但作为自古流传下来的习俗，还是获得了一定的认可。地域不同守护神不同，不同家门有着不同信仰的远古时代就更不用说了。如丰后日田的鬼太夫[①]，其家谱连绵数百年，他将神力归于神赐，并以此凝结众望于一人，使其被视为神灵。之所以传说中要讲什么被山男指名，或者被河童挑战这样的事，是要告诉我们山男或河童更具神秘色彩，更具无私忘我的特性，作为另一个未知世界的代言人，原本可以千锤百炼之后彰显其天生之怪力，广施神力普惠世间的。不幸的是，因遭遇权势主义的国家、宣传至上的时代，这些割据一方的神灵被视为妖魔，在尚未感化人类之前就在强有力的外来信仰面前黯然失色，神力显现的宝贵的古老仪式也成了一种毫无意义的形式。

据我所知，目前日本乡村的信仰从根源来讲有新旧两大系统。正如皇家的法制也分天神地祇一样，先有诸如宗像、贺茂、八幡、熊野、春日、住吉、诹访、白山、鹿岛、香取等各大神宫大社，然后才由各大社有组织地派遣神人到各地，依次增设新的神社。随着平安奈良时代庄园的兴起，之前的乡里生活发生了翻天覆地的变化，领主大多继承了贵族的血缘和兴趣，更倾向于迎请那些受佛教侧援的中央大社，逐渐改造以往的旧

①鬼太夫：日田永季的通称，属于平安时代后期的豪族。

习，式内[①]古社大部分都丧失了原有的名号，一切都朝着统而为一的方向发展。另一方面，基于农民的保守天性，新的神社祭祀信仰也被添进很多自古以来原住民固有的信仰观念。这两大系统从另一个角度看，也可以说又构成了一个整体，呈现为一个整体的两个层面。属于一乡一村全体人所有的八幡宫、熊野神社，拥有绝对不可冒犯的威望。与此同时，自古以来被当地人奉为守护神的土地神也在一宅一户内受到人们的敬拜。如果探究头屋[②]惯习、键取[③]制度以及家系神职的世袭方法的话，依然不难找出其间差别带来的微妙影响，特别是那些父传子、母传女的代代默默传承下来的信仰，即便从未获得官府的认可，只要没有确凿证据表明其间曾中断过，那么就可以从中找到很多古老的东西，这便是信仰的根基。信仰孕生于生活的自然需要，人们不寄心于日月星辰这般壮丽而遥远的东西，只为四季早晚的寻常幸福祈祷，极力希望摆脱日常生活中的种种担心与不安。因此，人们虔诚祭祀的自然主要是山神、荒野之神或者河海之神，我们始终与这些引领我们的神灵为伴。也可以说，这种与时代发展不相符的乡土气息始终

---

①式内：式内神社。在日本《延喜式神名簿》上有记载的神社。

②头屋：当屋。指从同祀一个氏族神的居民中选出担任祭礼，或服侍主祭者及其家庭的人。原为世袭，后改为挨家轮流出任。

③键取：指掌管神社钥匙、主持祭祀的家系。

无法得以匡正。反之，那些珍贵温暖的古老记忆并没有受困于自作聪明的人的干扰，基本以未经世故的原貌绵延至今，就像幼时流落山中的姐弟突然身着旧服回到亲生父母家一样，一切如故，温馨漫溢。我想我们的同胞中应该不会有冷血至极的人连这些都要嘲笑吧！

山人考

一

喜田博士[①]偶然发现我从七八年前就开始山人的研究工作，便希望我能在这样一个场合公开发表。原本这个研究只是出于个人的爱好开始的，并未想着要在大正六年或是何时发表，所以一时相当惶恐和犹豫。但是想到这个研究是按自己的方法来进行的，并不知道最终问题能否得到解决，也可以借这个机会得到各位老师的指点，就贸然站在这里了。

二

日本国民是由多种族混合发展而来的，其实这个说法并未完全被证实，而我的研究是以这个观点已成为确凿的通说

①喜田博士：喜田贞吉（1871—1939），日本历史学家、文学博士。

为前提的。

据传大御门[①]的祖先初次登岛时，日本列岛上就已经有众多原住民了。古文献里称这些原住民为国神[②]。例如，《日本书纪·神代卷》"出云"条目中就有这样的记载："吾是国神，号脚摩乳，我妻号手摩乳"云云，以及"高皇产灵神，勅大物主神，'汝若以国神为妻，吾犹谓汝有疎心'"。另《神武纪》中有"臣是国神，名曰珍彦"，"吉野"条目中还有"臣是国神，名为井光"的记述。《古事记》中迎接天孙降临的猿田彦也是国神。

同时，在神祇令[③]中保留有天神地祇的称呼，地祇在《倭名钞》[④]时期以前，读作クニツカミ或クニツヤシロ[⑤]。神祇官[⑥]根据常典对天神和地祇进行祭祀。到了奈良朝，新旧两

---

①大御门：亦写作大帝，指天皇。

②国神：也作国津神，与下文天神（天津神）相对应，位于高天原上的大神及随同天孙称作天神，把在天孙降临前就已生存在国土上的神称为国神。在日本的神话里，国神就是日本的原住民，天神是大和民族的祖先。国神代表的是靠打猎为生住在山里的山人一派，天神是农耕为生的平地人一派。

③神祇令：日本律令中关于祭祀天神地祇的基本规定。

④《倭名钞》：平安时代中期编纂的辞典。全名为《和名类聚抄》，亦作《倭名类聚抄》或《倭名类聚钞》。

⑤クニツカミ或クニツヤシロ：汉字可写作国神和国社。

⑥神祇官：日本律令制下和"太政官"并列的官厅，执掌朝廷的祭祀，管理全国的神社。

种族的精神生活已经完全融合。例如,《延喜式》[①]的神名簿中包含了众多从神名就能看出是属于国神的神,诸如国魂郡魂,但天神和地祇的区别已不存在。

而从《延喜式》中臣的祓词来看,天津罪和国津罪的区别依然存在。那么,国津罪是指何种罪呢?《古语拾遗》只提到了国津罪是国中人民所犯的罪,对天津罪并无说明。比较这两种罪会发现,一种类似串刺、重播、畔放[②],主要以侵犯土地所有权为主,另一种像父子奸淫、兽奸罪等,与第一种性质完全不同,也就是说后者更像是原住民、国神的犯罪。《日本纪》[③]景行天皇四十年的圣旨中,也有"东夷之中,虾夷尤强。男女交居,父子无别"的记载。先不管这个大祓词形成于何时,总之能代代口传至后世,便是非常有趣的事实。

在同一祝词中,也有如下记载:"国中荒振神等若不顺服则被征伐。"荒振神等也写作暴神或荒神,《古语拾遗》等也记作不顺鬼神。我想对于国神中最强硬反抗的部分自古就是这么描述的吧。

---

①《延喜式》:日本平安时代中期的律令施行细则,50卷,记录了宫廷的仪式大典和制度等。

②串刺、重播、畔放:串刺指在别人的田地上插上自己的名牌,占为己有;重播指在已经播撒过种子的土地上再次播撒种子,妨碍作物生长;畔放是指摧毁田畔放水。

③《日本纪》:即《日本书纪》。

三

到了前九年后三年[①]时代，东征西伐宣告结束。我认为东征西伐的主要意义在于国神同化。与东夷相比，西面的原住民看似没什么问题，但丰后、肥前、日向等地的《风土记》里关于消灭土蜘蛛[②]的记事并不少于东夷的常陆、陆奥等地。而且据《续日本纪》"文武天皇二年"条目记载，天皇敕令太宰府，命其修缮丰后的大野、肥后的鞠智、肥前的基肄三城。从地形上我们就可以知道修城的目的不是为了抵御海寇。土蜘蛛也在近畿一带活动。据《摄津风土记》残篇记载，大和国自古就有国巢[③]。《摄津风土记》中有提到国巢和土蜘蛛是同一种部族。

纵观日本东北部的开拓史，会发现这些原住民随着时代的变迁逐渐向北迁移。而且因为这些原住民的后裔至今依然只分布在南部津轻两个半岛的边缘，所以人们通常认为，所有的原住民受到压迫后向北退去。但这只是人们的印象，在学

---

①前九年后三年：指前九年后三年之役。1083—1087 年间源义家讨伐奥羽豪族清原氏叛乱的战役。

②土蜘蛛：日本神话传说中未臣服于大和朝廷的边远原住民。

③国巢：古代居住于日本吉野地区的原住民。吉野是奈良县南部、纪伊山地中北部的吉野郡一带地区的总称。

术上并未得到证实。至少认为居住在京畿以西的原住民几近灭绝，是没有任何依据的推测。

种族的灭绝，如果意味着血统的混合或是口传的流失还能想象，可是被赶尽杀绝，对于像在《景行天皇纪》中提到的被攻击追赶而躲进山林中的人来说，是无法想象的。《播磨风土记》有载，神前郡的大川内、汤川两处有三十个左右的原住民。据地名辞典考证，此二处位于现在的寺前、长谷两村，即火车快到姬路时要横渡的市川河的上游。其实我就是在那附近的村子里出生的。在和铜、养老两个时代交替之前，这些有自己独特风俗习惯的人们就一直生活在这里。

上述这些异俗人到底属于哪个族类还不清楚，但在《新撰姓氏录》第五卷“右京皇别佐伯直”条目中，有“此家祖先御诸别命，成务天皇[①]御代，于播磨此地，见菜叶自川上流下，知有民住，赐氏为部民”[②]的记载。或许这些异俗人就是佐伯氏族的后代。

佐伯部[③]自称其祖先原本是虾夷的俘虏，后被献给神宫，

---

①成务天皇：日本《古事记》和《日本书纪》所载的日本第十三代天皇，名稚足彦，景行天皇的皇子。

②作者非据《新撰姓氏录》原文引用，此处按作者引文翻译。

③部：指日本大化改新以前由朝廷和贵族各自统治的集团。根据居住地区和职业编成。

发配至播磨、安芸、伊予、赞岐和阿波五国。虽然这和《景行天皇纪》五十一年的记事相符,但是《景行天皇纪》和《姓氏录》[①]中的这两个记载,都基于佐伯氏族的官修记录,因此并不能作为有力的证据。和《释日本纪》引用的年表中佐祈昆被方言化后成了佐伯的说法一样,应该看作是一个古老的解释性的传说。

我认为佐伯这个词可能是日语,指障碍的意思。佐伯氏族的居所当然不止上文提到的那五国。但是否果真如他们自己所说的同为虾夷种族,就需要收集书籍以外的材料,进行客观的论证了。

四

早在成务天皇和允恭天皇[②]的时代,日本就已经开始划分国郡[③]界限。《姓氏录》中也有记载,阪合部朝臣奉旨划分行政界线。阪合这个词是指边界,例如阪户、阪手、阪梨(阪足)等自中古以前就有的乡名、里名中也含有这个意思。与

①《姓氏录》:收集编汇日本古代贵族谱系的书籍,815 年完成。由嵯峨天皇敕命,万多亲王等人编纂。现存本为抄录本。

②允恭天皇:日本《古事记》和《日本书纪》所载的第十九代天皇,仁德天皇的第四皇子。

③国郡:国郡里制。日本律令制下的地方行政区划。大化改新后,分为国、郡、里三级。

如今划分村与村的界限不同，古时划分行政区域是指划分山地与平野，也就是国神与天神间领土的界限。古神话传说中，高野山的弘法大师等人从猎人手里接手这座灵山，反映了古时存在着国神领土与天神领土之分这一事实。古伽蓝的土地神，化身成猎人的样子为大师引路，最终成为道场的守护神，有如此来历的道场，绝对不止高野山一个。

《天武天皇纪》“吉野行幸”条目中，有“獦者二十余人”“獦者之首”之类的记载，这些词所说的应该是国栖人。关于国栖人，《应神纪》中也有“其为人十分淳朴”等记述，可以认为国栖与佐伯并不是同一个种族。历经《北山抄》①和《江次第》②的年代，一直流传于后世的新春为朝廷演奏的国栖乐，便是由这些来自山里的国栖人向其纳贡拉开序幕的。而后，在《延喜式》的宫内式中定下了在各种宴会上，十二个国栖人和五个笛手，共十七人的规制。据古注解释，其中只有两个笛手是来自于山城国③缀喜郡，其余的十五人，实际上都是每年从吉野的深山中招来的。虽然不能明确《延喜式》以前的具

①《北山抄》：日本掌故书，10 卷，藤原公任著，平安中期成书。记述朝廷一年的例行仪式、临时仪式及其做法等。

②《江次第》：日本掌故书，21 卷，大江匡房著，平安后期成书。被誉为平安时代朝廷仪式的集大成之书。

③山城国：日本旧国名之一，属京畿区域，现京都府南部。

体情况，但现在还存留着在神龟三年，国栖人应招而来的记载。

另外，曾经在平野神社[①]的四座御祭、园神三座供职的山人，原先应该也是大和国的国栖人。山人负责在庭院中烧火，这在《江次第》中也有记载。此外，将神木[②]传递给神官，原本也是由山人负责。我认为这是最需要注意的一点。

缠向穴师山，盖思彼山山人兮！君今奉神事，日荫山葛缠身间，冠垂覆身出乡里。[③]

这是后世卫士替代山人之职之后传唱的一首神乐歌。缠向穴师是三轮山东边的一座高山，临近大和国北部的平原。这座山之所以也曾有国栖人在此居住，大概是为了便于应朝廷谕旨在祭典上供职吧。

那么如此庄严的祭典，为什么会让山人来参与呢？这是一个很复杂的问题，同时我觉得它也是山人史研究的一个关键点。山人参加祭典并不仅仅是朝廷的形象工程，或许是一种从山上祈求神灵降临的必要方式。穴师山的这首神乐歌中，普通人代替了山人的工作之后，依然效仿山人的样子缠上

①平野神社：位于京都北区的神社，平安京迁都后所建。

②神木：日语写作“贤木”。种植在神社境内的常绿树的总称，也指用于神事活动的树木。

③翻译引自浦木裕译本《古今和歌集》。

藤蔓,这是另一个非常有趣的问题。而在《古今集》中这首歌又被当作大歌所[①]的执物歌[②],山人手中所执的杨桐枝[③],似乎有着某种信仰上的意味。

五

如上所述,山人一词起源久远。依我的推测,上古时期的国神最终被分化为两类,大部分下到村里混同为庶民,剩余的进山,被称为仙人。到了后世,此类人逐渐消失,而把"仙"字读作"山"。

我把近世的山男山女、山童山姬、山丈山姥等统称为山人,并非基于我某种不合理的推断。仅仅是为了方便,试着重新使用了一下这个古语而已。山人中有迫于威慑,甚至为追求赐品而不远千里上京的人,但毕竟是少数。那么其余守旧的大部分人之后是如何演变的呢? 以下是我个人的一点思考。

首先,我关注了一下中世的鬼故事。很早以前日语中オニ(音读 oni)一词就用"鬼"这个汉字来表示。从中国传入的阴阳思想与之融合后,《今昔物语》中的众多鬼怪,便或有或

①大歌所:日本平安时代在宫中设置的专管神乐歌等大歌的衙门。
②执物歌:日本神乐歌中一个种类的名称。需手持东西跳舞。
③杨桐枝:山茶科常绿乔木,枝、叶常被用于神事。

没有人形，独来独往，演绎着各种千奇百怪的事。时而化为木板门，时而变成油壶，以害人为主业。与此同时，还有一派山中之鬼，往往被勇将猛士制伏。齐明天皇七年的八月，有一鬼蹲踞于筑前朝仓山的悬崖上，披着巨大的斗笠，托着下巴，俯瞰天子的葬礼。此鬼为山鬼中最古老的鬼；它和酒颠童子、铃鹿山鬼、恶路王、大竹丸、赤发鬼，都需要武力讨伐。此外，吉备津的尘轮和三穗太郎虽然也称为鬼，但实际上它们类似最狞猛的人类，仅用护身符或修验者的咒文是无法让其烟消云散的。

其次，并不是所有的鬼怪都是以吃人为惯习的凶恶之徒，否则绝不会有自称鬼怪后代的人在各地居住。例如，九州日田附近的大藏氏，代代自称鬼太夫，屡次被封为宫廷最高级别的相扑手。这个家族是归化人的后代。还有住在京都附近的八濑村，被称为ゲラ（音读 gera）的村民。我曾经就此发表过一篇小论文。这个村落有别具两三个特色的风俗，村民们以此为荣，一直保留到近年。黑川道祐[①]等人将其写作山鬼的后代。山鬼在一些地方也叫作“山爷”，当中也有一只眼睛一条腿形象的鬼。同时，又有“山鬼护法”的称呼，有如守护灵山的活神仙一样被信奉。安芸宫岛的山鬼大体和我们常说的

①黑川道祐（1623—1691）：江户时代初期的医生、历史学家。

天狗相似。秋田太平山的三吉权现类似于奥山的半僧坊、秋叶山的三尺坊,在地方上拥有很多信奉者,其名字大概也源自山鬼一词的读音。

现在有一个更具说服力的实例是吉野大峰山麓的五鬼[①]。洞川村落里,现今有五户以五鬼某某为姓的住家。曾世袭修行者先导一职,担任圣护院法亲王的登山向导,并以此为荣。吉野的下市町附近也有名叫善鬼垣内的地方。不止该地,五鬼也活动于很多地方。各地关于修验者之家的传说中,“五流并存”是最普遍的说法,即五鬼应该是指五个修验者的家。但有的地方亦写作“前鬼”“后鬼”,被视为役行者[②]的两个侍者的子孙,并被敬称为善鬼大人等。

前鬼是五鬼的始祖,并不是说五鬼之外还有别的团体,自古以来通常把现在的五鬼之家称为前鬼而已。前鬼和凡间的交往始于战国时代。相传在那之前他们也是拥有神力的,因与凡间少女结婚,之后便成了普通人。但事实上直至近世,仍传说前鬼能一夜间往返二三十里的山路,轻轻松松地扛走一田地的茄子,拥有威慑普通人的力量。

总之,他们并不是从平地的村落移居之人的后代,这一点

①五鬼:分别是五鬼继、五鬼熊、五鬼上、五鬼助、五鬼童。

②役行者:役小角,飞鸟时代至奈良时代的咒术师。被认为是修验道的祖师。

已经得到广泛认可。虽然和远古山人之间的关系尚不明确，但可以肯定与山的信仰有着很深的联系。基于此，有必要考虑一下相州的箱根山和三州的凤来寺山、近江的伊吹山和上州的榛名山、出羽的羽黑山和纪州的熊野山，以及加贺的白山流传的开山仙人的传说。白山的泰澄大师认为这些道场与奈良的佛法属于不同系统，近来前田慧云师称之为“南洋系佛教”。但我至今不清楚这一说法的依据何在。总之，现在的修验道追溯到圣宝僧正以前的话，教义和做法都无从知晓了。特别是关于其始祖役小角，甚至连其是否是佛教徒都无法认定。同样，仙术（山人道）另有其物的推测也有成立的可能。